万葉ポピュリズムを斬る

品田悦一
Yoshikazu Shinada

短歌研究社　講談社

万葉ポピュリズムを斬る

ブックデザイン　鈴木成一デザイン室

目次

一身上の弁明——まえがきに代えて

父上さま、

ご心配をおかけしています。今回の「令和」騒ぎは、目下の政権が『万葉集』を人気取りに使って国民をたぶらかそうとしているところに本質があると思います。それなのに、マスコミはどこもかしこも祝賀一色で、まともな批判がまったく現れません。四十年『万葉集』を読んできた者として看過できない状況です。

まして、『万葉集』の作者層が幅広く「天皇から庶民まで」にわたるというのは、明治中期に国民国家日本の建設という国策に沿って人為的に作られた幻想です。このことは、二十年前にこの私が解明したのです。あんな発言を黙許したら私は卑怯者になってしまいます。今黙っていては、なんのために学問をしてきたのか分からない。今黙っていては、なんのために高い教育を受けさせてもらい、人より多くのことを『万葉集』について知る立場になったのか分かりません。

医術は医師の特殊技能で、その技能を使って患者を治療することは医者の義務でしょう。飛行機や長距離列車で急病人が発生すれば、乗り合わせた医師が薬箱を出して応急治療に当たる。同じように、『万葉集』に関する知識は私の特殊技能なのですから、腐敗政治家どもにたぶらかされている現在の日本社会に警鐘を鳴らすのは、専門家としての、知識人としての責務だと考えます。私は成人以来いかなる政治団体とも関わりを持たずに生きてきました。今後もそうするつもりですが、今のこの状況を前におめおめ卑怯者になるくらいなら、学問を放棄するほうがましです。

ネットに流れた文章は、目下の政権に喧嘩を売ったのです。剣突《けんつく》くらわすのに君子の態度など邪魔なだけでしょう。人を馬鹿にするのはもちろんよくないけれど、それも相手によりけりではないでしょうか。厚顔無恥な大嘘つきに対し君子の態度で接する必要など認めません。歯噛みして悔しがるがいい。あの文章の末尾を読んで「溜飲が下がった」と握手を求めてきた同僚が何人もいます。激励のメールもたくさん届いています。あれが流失して拡散されたのが怪我の功名となって、気骨のある記者が何人も取材に来たのでした。おとなしく書いて目立たなかったら、記事も半減していたでしょう。

ネット上に現れた反応をいろいろ挙げてくださいました。九番めのものについては特に感想はありません。自分の頭で是非を判断できないのはかわいそう、と思うだけ。十番めのものは、たぶん父上が誤読しておられると思います。「異常事態」というのは、本来マスコミがなすべき批判がなされず、私のような者が矢面に立ってそれをしている関係全体をさしているのであって、私の行動が異常だというのではないはずです。

じっさいマスコミには変な圧力がかかるらしい。××新聞の記事もまとめる過程で二転三転し、私の意図からどんどん逸れていくので、一度は「もう降りる」と宣言したくらいです。しかも校了寸前に別人の談話が突っ込まれた。あの、後半腰砕けのような談話は本人の社会的立場を考えれば無理もないのだけれど、あれが挿入されることはまったく聞いていませんでした。おかげでいちばん言いたかったことが削除されてしまいました。週刊○○は編集長が急に方針を変えて、令和の典拠問題は一切取り扱わないことにしたのだそうです。一時間半付き合った取材が結局反故になった。記者も悔しがっていました。

親族に面白く思わない人がいるだろうということは考えないではなかったが、びくびくするほどのことはあるまいと思います。公安が嗅ぎ回りにでも来たら、「あいつは変人で困り者なので、親類からのけ者にされているのだ」くらいに言ってもらえればありがたい。

「旧制中学の学徒動員で中島飛行機の工場に寝泊まりしていたころ、『海ゆかば』を歌わない日はあったが、聞かない日はなかった」と聞かせてくださったのは父上です。この話を教室で語ると、学生たちは一様に押し黙ります。

「工場は空襲で全焼し、おろおろ逃げ惑うところへ間近に爆弾が落ち、一巻の終わりかと思ったが、さいわい泥田に落ちたので不発だった。あれが固い地面だったら自分はこの世にいない。お前という人間も生まれることはなかった」と語ったのも父上です。この話も授業で時々語ります。

『万葉集』が戦争遂行に利用された話をすると、学生たちは「そんな時代があったのか」「ひどい取り扱いだ」と目を丸くするそばから「今はそんな取り扱いがなされていないからよかった」と安心してしまう。ちっともよくはないのです。「海ゆかば」と「醜《しこ》の御楯《みたて》」を一面的に宣伝するよりも、『万葉集』を全国民的布陣の歌集であるかのように言いくるめ、「美しい国、日本」の象徴にしてしまうほうがよほど怖い。美しい文化を生み出した祖国を命がけで守らねばならぬ、と人々が思い込むよう誘導する仕掛けになるからで、じっさい斎藤茂吉はそういう気持ちで戦争讃美の歌を量産したのでした。

昭和の大戦では、多くの将兵が戦地に岩波文庫の『万葉集』や茂吉の『万葉秀歌』を持参した。それは「海ゆかば」や「醜の御楯」を読むためではありません。万葉の美しい歌に浸るためなのです。われわれの祖先がこういう美しい文化を残してくれた。そういう国を守るためなら、命を落とすことに意義があるのかもしれない、とそう人々は納得しようとした。

「美しい国」と国書『万葉集』と九条改定は一直線につながっている。祝賀ムードに浮かれている人たちと、その昔「紀元は二千六百年」を歌いながら提灯行列した人たちが私には二重写しに見える。当時を経験された父上にはそう見えないのですか。

ここまで分かっていて、口をつぐんでいるわけにはとうてい行きません。誰かが代わりに言ってくれるのなら黙っていてもいいけれど、同業者は祝賀ムードに迎合しようとする者ばかりで、事態の本質を暴露するような発言は誰もしない。そもそも私ほど事態の本質が分かっている人は少ない。知識人には少しはいるだろうが、万葉の専門家にはほとんどいない。

四月一日は三十五回めの結婚記念日でもありました。もともと悪徳政治家が大嫌いな妻は、その後の一連の行動に接して私という男に惚れ直し、新婚時代のような蜜月がわが家に訪れています。発病してから一時は家出までして、帰ってきてからも不遇感を払拭できずにいた彼女が、今は「やっぱりこの人の妻でよかった」と心から思ってくれているのです。ご助言・ご注意はありがたく拝聴し、極力危険を避けるよう心がけますが、どうか私ども夫婦に久しぶりに訪れた平和を微笑みながら見守っていてください。

悦一　頓首再拝

【付記】

本書第一章のもとになった文章が昨春ネット上で拡散されたとき、当時八九歳（現在九〇歳）の父が私の所業をたしなめる書簡を寄越した。これに対し四月十八日付のEメールで返信したのが右の文章である。ただし固有名詞を伏せるなど、若干手を加えた。

第一章

「令和」から浮かび上がる大伴旅人のメッセージ

〈最初の寄稿〉

――「短歌研究」二〇一九年五月号掲載

新しい年号が「令和」と定まりました。典拠の文脈を精読すると、〈権力者の横暴を許せないし、忘れることもできない〉という、おそらく政府関係者には思いも寄らなかったメッセージが読み解けてきます。この点について私見を述べたいと思います。なお、この文章はある新聞に投稿したものですが、まだ採否が決定しない時点で本誌編集長國兼秀二氏にもお目にかけたところ、緊急掲載のご提案をいただいて寄稿するものです。

実は、別途これを読ませた友人からブログに全文転載したいとの申し出があり、本誌五月号が刊行されたらという条件で同意したのですが、友人はその五月号がもう出たものと早とちりしたらしく、四月三日の時点で全文掲載してしまいました。それを見たツイッターたちが次々に拡散した結果、巷間ではすでに相当の評判になっているようです。

あの文章は四月一日の晩に大急ぎで書いたもので、言い足りない点がいろいろあったため、七日から九日にかけて大幅な書き直しを行ないました。それが以下の決定稿です。今後はこちらの、進化したバージョンを拡散してください。


さて、「令和」の典拠として安倍総理が挙げていたのは、『万葉集』巻五「梅花歌三十二首」の序でありました。天平二年（七三〇）正月十三日、大宰府の長官（大宰帥《そち》）だった大伴旅人が大がかりな園遊の宴を主催し、集まった役人たちがそのとき詠んだ短歌をまとめるとともに、漢文の序を付したのです。その序に「于時初春令月、気淑風和」の句が確かにあります。〈折しも正月の佳い月であり、気候もすがすがしく風は穏やかだ〉というのです。

ただ、およそテキストというものは、全体の理解と部分の理解とが相互に依存しあう性質を持ちます。一句だけ切り出してもまともな解釈はできないということです。この場合のテキストは、最低限、序文の全体と上記三二首の短歌（八一五～八四六）を含むでしょう。三二首の直後には「員外思故郷歌両首」があり（八四七・八四八）、さらに「後追和梅歌四首」も追加されていますから（八四九～八五二）、これらをも含めた全体の理解が「于時初春令月、気淑風和」の理解と相互に支え合わなくてはなりません。

さらに、現代の文芸批評でいう「間テキスト性intertextuality」の問題がありま す。しかじかのテキストが他のテキストと相互に参照されて、奥行きのある意味を発生させる関係に注目する概念です。当該「梅花歌」序は種々の漢詩文を引き込んで成り立っており、「令和」の典拠とされた箇所にもさらなる典拠があります。その一つとして、早く契沖の『万葉代匠記』が指摘したとおり、張衡「帰田賦」（『文選』）に「於是仲春令月、時和気清」の句があります。この場合、単に辞句を借用したと見て済ませるのではなく、全文との相互参照が期待されていると捉えるのが、間テキスト性の考え方です。「帰田賦」は、官途に見切りをつけ隠遁生活に入ることを述べた作品で、末尾を「苟《いやしく》も心を物外に縦《ほしいまま》にせば、安《いづく》んぞ栄辱の如《ゆ》く所を知らんや」（心を俗世の外に放ちさえすれば、わが身の栄辱がどうなろうと知ったことではない。原漢文・以下同じ）と結びます。明らかに老荘的な脱俗の思想ですね。俗塵に背を向けるという発想。文中には「河の清《す》まんことを俟《ま》てども未だ期あらず」（黄河の澄むのを待ってはいるが、まだその時期は来ない）という一節もあり、これは政界の浄化がいつまでも実現しないということでしょう。

旅人も老荘の脱俗思想を受容していました。有名な「酒を讃むる歌十三首」（巻三・三三八～三五〇）を読めば、はっきり分かります。そういう思想的背景のもと、ろくでもない俗世に背を向ける機会として梅花の宴を企てたのでしょう。単に春の到来を歓んだわけではない。

「梅花歌」序の典拠としては、もう一つ、王羲之の「蘭亭集序」（「蘭亭序」「蘭亭叙」とも）も挙げられていて、間テキスト性の見地からはこちらのほうが重要ではないかと思います。この文章は書道の手本としてあまりに有名ですが、文芸作品としてもたいそう味わい深いもので、「梅花歌」序を書いた旅人も知悉《ちしつ》していただけでなく、読者にも知られていることを期待したはずなのです。

「梅花歌」序の内容は、表面上は〈良い季節になったから親しい者どうし一献傾けながら愉快な時を過ごそうではないか。そしてその心持ちを歌に表現しよう。これこそ風流というものだ〉ということに尽きます。「蘭亭集序」の前半も、会稽郡山陰県なる蘭亭に賢者が集うて歓楽を尽くそうとするむねを述べており、ここまでは「梅花歌」序とよく似ていますが、後半には「梅花歌」序にない内容を述べます。――ひとときの歓楽に身を任せ、満ち足りていれば、老いが迫ってくるような気がしない。とはいえこの境地にも飽きてしまうと、感情は周囲の事情に応じて移ろい、感興も消えていく。かつて楽しんだ物事もたちまち過去のものとなってしまうが、だからこそ面白いのだとも思わずにはいられない。まして短い人生は次々に変化し、ついには死が待っているのではないか――古人は「死生は重大事」と言った。なんと痛切なことばだろうか。彼らが折々の感興を綴ったものを読むたびに、まるで割り符を合わせたかのように私の思いと合致し、たとえようもない感動を覚える。後世の人々が今のわれらを見るのは、ちょうど今のわれらが昔の人々を見るのと同じだろう。時代は移り、事情は異なっても、人が心に抱く感慨はつまるところ一つだ。後世の人々もわれらの書いたものに共感してくれることだろう――。

この、後半の内容までが参照を期待されている。老荘的脱俗思想だけではありません。人はみな死を逃れられない。いずれ死ぬという宿命を背負わされた人間と人間は、ともに切ない人生を生きる者として、時代を超えて分かり合える。何よりも文芸の力がそれを保証してくれる、というのです。

王羲之を古人として慕った大伴旅人も、文芸が人間どうしの共感を繋ぐことを信じていたはずです。中国と日本ですから、時代だけでなく、国境をも越えた共感――時空を超えた共感です。これを支えるのは、「国書」というような内向きの発想ではありません。旅人の息子で『万葉集』を完成させたと見られる大伴家持も、『万葉集』を国書だなどとはゆめゆめ思わなかった。東海の島国に暮らしていても、われらの歌、われらの文化は大陸と地続きなのだというのが彼らの意識でした。東アジアという、彼らにとっての世界を標準として物事を考え、表現していたのです。

ついでに言えば、「国書」ということばは元来は外交文書を意味していました。日本の書物を意味するようになるのは明治以降のことであり、公的機関の名称に使われたのは一八八三年（明治16）、前年設置された東京大学文学部附属古典講習科の下部組織が「国書課」「漢書課」と命名されたときが最初です。「国書」の用語例を洗いざらい調べたわけではありませんが、〈わが国の書物〉という物の見方が漢籍を排除して定立するのは、これ以前のことではありません。古典講習科の設置は、帝国憲法体制の構築という国家的課題に向けた人材養成の一環でしたから、明治国家の国策が新たな「国書」概念を生み出したといえるでしょう。

梅花歌群に戻りましょう。序自体には、人生の奥深さに対する感慨は述べられていません。続く三二首の短歌も、

正月《むつき》立ち春の来らばかくしこそ梅を招《を》きつつ楽しき終《を》へめ（八一五――新年を迎

え春が来るたびに、こんなふうに梅を客に迎えて歓を尽くしたい）

やら、

　梅の花今盛りなり思ふどち挿頭《かざし》にしてな今盛りなり（八二〇――梅の花は今が満開だ。気の合う者どうし髪に飾ろう）

やらと、のんきな歌ばかりが並んでいるのですが、そしてそれは、旅人が大宰府の役人たちの教養の程度に配慮して、「帰田賦」や「蘭亭集序」をふまえることまでは要求しなかったからでしょうが、旅人自身は歌群の読者が先行テキストの内容をも想起するよう期待していたはずです。序の末尾近くの一句「古《いにしへ》と今と夫《そ》れ何そ異ならむ」は「蘭亭集序」の「世殊《こと》なり事異なりと雖《いへど》も、興懐する所以《ゆゑん》は其《そ》れ一《いつ》に致《いた》る」と響き合いますし、上記「員外思故郷歌両首」には、人は老いを避けられないというモチーフが引き込まれています。

　わが盛りいたくくたちぬ雲に飛ぶ薬食《は》むともまたをちめやも（八四七――わたしの身の盛りはとうに過ぎてしまった。空飛ぶ仙薬を服用しても若返ることなどありえない）

雲に飛ぶ薬食むよは都見ば賤しきあが身またをちぬべし（八四八——空飛ぶ仙薬を服用するより、都を見ればこの老いぼれもまた若返るに違いない）

第二首に注意しましょう。帰京しても若返るはずなどないことは分かりきっていますから、「都見ば……またをちぬべし」は明らかに逆説です。「都見ば」という仮定自体がアイロニーなのであり、都など見たくないという底意を読み取るよう読者に求めているのです。

なぜ見たくないのでしょうか。考えられる答えの一つは、待つ人がいないからというものでしょう。じっさい旅人は、大宰府に同伴した妻を着任後まもなく亡くしています。帰任が迫ったころには、

都なる荒れたる家にひとり寝《ね》ば旅にまさりて苦しかるべし（巻三・四四〇——都にある荒れた家で独り寝をするのは、旅に出ているのより辛いに違いない）

と詠じ、帰京後にも、

人もなき空しき家は草枕旅にまさりて苦しかりけり（巻三・四五一——あの人がいない空っぽの家は、旅よりも辛い場所なのであった）

と慨嘆していますから、都での孤独な生活を望まなかったというのは、当人の心境としては十分認められる想定でしょう。しかし、それならば〈待つ人もいない都へなど今さら帰ってもしかたない〉と歌えばいいものを、なぜ〈都に帰れば若返るに違いない〉などと屈折した物言いをするのでしょうか。文芸という見地から言っても、亡妻というモチーフは仏教的無常観となら親和性を持つけれど、梅花歌群の背景にあるような老荘的脱俗思想とは結びつきにくいように思います。

　そこで浮上するのがもう一つの答えです――「帰田賦」にも述べられていたような、政界の腐敗に対する嫌悪。

　都はどうなっていたか。皇親勢力の重鎮として旅人が深い信頼を寄せていた左大臣、長屋王――平城京内の邸宅跡から大量の木簡が発見されたことでも有名な人物――が、天平元年つまり梅花宴の前年に、藤原四子（武智麻呂《むちまろ》・房前《ふささき》・宇合《うまかい》・麻呂）の画策で濡れ衣を着せられ、聖武天皇の皇太子を呪い殺した廉《かど》で処刑されるという、いともショッキングな事件が持ち上がったのでした。この事件は後に冤罪と判明するのですが、おそらく当時から陰謀が囁かれていたでしょう。旅人もそう強く疑ったに違いありませんが、遠い大宰府にあって切歯扼腕《せっしやくわん》するよりほかなすすべがなかった。

そればかりではありません。皇太子の死と前後して、聖武天皇にはもう一人の皇子が誕生していました。県犬養広刀自《あがたのいぬかいのひろとじ》が産んだ安積《あさか》親王です。母方の血筋が藤原でない親王がゆくゆく天皇になることを恐れた藤原一族は、亡き皇太子の母であるという口実で夫人《ぶにん》藤原安宿媛《あすかべひめ》の立后を画策し、まんまと成功します。光明皇后です。光明皇后がまた男子を産めば安積親王より上位にランクされると踏んでの策謀であり、皇后になれるのは皇族の女性だけという古くからの慣習を踏みにじっての横車でした。これが八月のこと。言い遅れましたが、そもそも生まれたての嬰児を皇太子にしたこと自体、藤原一族のごり押しにほかなりませんでした。長屋王はこれに反対していたようです。そのせいで目の仇にされたらしい。

『万葉集』の巻五は作歌年月日順に歌が配列されているのですが、梅花歌群の少し前、天平元年のところには、旅人が藤原房前に「梧桐日本琴《ごとうのやまとごと》」を贈ったときの書簡と歌が載っています（八一〇～八一二）。事件は二月、贈答は十月から十一月ですから、長屋王事件に続いて光明立后までが既成事実化した時点で旅人のほうから接触を図ったのです。表面上は〈すばらしい琴を入手しました。その精が夢に現れて、風雅を解する人の膝を枕にしたいと申します。貴殿こそふさわしいと存じまして、このとおり進呈いたします〉〈貴公ご愛用の品を下さるのですな。決して粗略には扱いますまい〉と勿体《もったい》ぶったやりとりをしているのですが、実は〈ぜんぶ君たちの仕業と察しはついているが、あえてその件には触れないよ〉〈黙っていてくれるつもりらしいね。贈り物はありがたく頂戴しておきましょう〉と、きわどい腹の探り合いを試みた——あるいは、とても太刀打ちできないと観念して膝を屈したとの見方もありえるかと思いますが、とにかく、巻五には長屋王事件の痕跡が書き込まれているのです。

巻五だけではありません。巻三所収の大宰少弐（次席次官）小野老《おののおゆ》の作、

あをによし寧楽《なら》の都は咲く花のにほふが如く今盛りなり（三二八）

は、何かの用事でしばらく平城京に滞在し、大宰府に帰還したときの歌でしょうが、『続日本紀』によれば老は天平元年三月、つまり長屋王事件の翌月に従五位上に昇叙されていますから、たぶんこのときは都にいて、聖武天皇から直接位を授かったのでしょう。すると、大宰府に帰った老は、光明立后の気配があることなど、事件後の都の動向を旅人らに語ったと考えられる——そういうことが行間に読み取れるのです。また巻四には、長屋王の娘である賀茂女王と大宰府の官人だった大伴三依《みより》との交情が語られていて、三依は大宰府に向かう前に荒れ狂っていた(五五六)。事件に憤慨したのではないでしょうか。さらに巻六。歌を年月日順に配列する中で天平元年に空白を設け、直前に、長屋王の嫡子で父とともに自害させられた、膳王《かしわでのおおきみ》(「膳夫王」「膳部王」とも)の作を配しています(九五四)。

これらはみな、読者に長屋王事件を喚起する仕掛けに相違ありません。偶然の符合にしては出来すぎている。巻六では膳王の歌の直後から旅人ら大宰府関係者の歌ばかりが続きますから、テキストとしての『万葉集』は、旅人が長屋王事件のとき遠い大宰府にいたことをも読者に印象づけようとしていることになります。

もう一度梅花歌群に戻りましょう。「都見ば賤しきあが身またをちぬべし」のアイロニーは、長屋王事件を機に全権力を掌握した藤原一族に向けられていると見て間違いないでしょう。あいつらは都をさんざん蹂躙《じゅうりん》したあげく、帰りたくもない場所に変えてしまった。王羲之にとって私が後世の人であるように、今の私にとっても後世の人に当たる人々があるだろう。その人々に訴えたい。どうか私の無念をこの歌群の行間から読み取って欲しい。長屋王を亡き者にしてまでやりたい放題を重ねる彼らの所業が私にはどうしても許せない。権力を笠に着た者どものあの横暴は、許せないどころか、片時も忘れることができない。だが、もはやどうしようもない。年老いた私にできることといえば、梅を愛でながらしばし俗塵を離れることくらいなのだ……。

これが、令和の代の人々に向けて発せられた大伴旅人のメッセージなのです。テキスト全体の底に権力者への憎悪と敵愾心《てきがいしん》が潜められている。断わっておきますが、一部の字句を切り出しても全体が付いて回ります。つまり「令和」の文字面は、テキスト全体を背負うことで安倍総理たちを痛烈に皮肉っている格好です。もう一つ断わっておきますが、「命名者にそんな意図はない」という言い分は通りません。テキストというものはその性質上、作成者の意図しなかった情報を発生させることがままあるからです。

安倍総理ら政府関係者は次の三点を認識すべきでしょう。一つは、新しい年号「令和」とともに〈権力者の横暴を許さないし、忘れない〉というメッセージの飛び交う時代が幕を開け、自分たちが日々このメッセージを突き付けられるはめになったこと。二つめは、この運動は『万葉集』がこの世に存在する限り決して収まらないこと。もう一つは、よりによってこんなテキストを新年号の典拠に選んでしまった自分たちはなんとも迂闊《うかつ》であったということです（「迂闊」が読めないと困るのでルビを振りました）。

もう一点、総理の談話に、『万葉集』には「天皇や皇族・貴族だけでなく、防人や農民まで、幅広い階層の人々が詠んだ歌」が収められているとの一節がありました。この見方はなるほど三十年前までは日本社会の通念でしたが、今こんなことを本気で信じている人は、少なくとも専門家のあいだには一人もおりません。高校の国語教科書もこうした記述を避けている。かく言う私が批判しつづけたことが学界や教育界の受け入れるところとなったのです。安倍総理——むしろ側近の人々——は、『万葉集』を語るにはあまりに不勉強だと思います。私の書いたものをすべて読めとは言いませんが、左記の文章はたった一二ページですから、ぜひお目通しいただきたいものです。東京大学教養学部主催の「高校生のための金曜特別講座」で語った内容ですから、高校生なみの学力さえあればたぶん理解できるだろうと思います。

【記】

品田悦一「『万葉集』はこれまでどう読まれてきたか、これからどう読まれていくだろうか。」（東京大学教養学部編『知のフィールドガイド 分断された時代を生きる』二〇一七

年八月、白水社　↓本書第二章）

〈補記〉

「帰田賦」「蘭亭集序」を引き込んでの読みには先行研究があるが、この戦闘的な文章が累を及ぼすことを危惧して、あえて私ひとりが矢面に立つ形にした。諸先学におかれては筆者の意を察して諒恕されたい。

第二章

『万葉集』は これまでどう読まれてきたか、 これからどう読まれていくだろうか

——東京大学教養学部・編
『知のフィールドガイド　分断された時代を生きる』
（二〇一七年八月、白水社）
収録の文章を本書のために改稿。

通念の虚妄

『万葉集』は、しばしば〝日本文化の源流〟だの〝日本人の心のふるさと〟だのと形容されますが、多少反省してみれば分かるように、実は古代の貴族たちが編んだ歌集であって、奈良時代末に成立してから一千年以上というもの、列島の住民の大部分とはおよそ縁のない書物でした。現在のように広汎な愛着を集めるのは、どう遡っても明治中期以降のことです。

かく言う私は、これでも万葉学者の端くれです。私の同業者には『万葉集』を文字通り〝日本文化の源流〟〝日本人の心のふるさと〟と信じたがる向きが多いので、私の物言いはあちこちで反感を買っているに違いないのですが、公然と反論されたことはまだ一度もありません。私は証拠を洗いざらい調べ上げて発言してきましたから、感情的な反撥だけでは太刀打ちできそうもないと敬遠されているのかもしれません。

「多少反省してみれば」と右に書きました。多少反省してみましょう。江戸時代の一般庶民――長屋の熊さんや八っつぁん、お百姓の甚兵衛さんたち――は、『万葉集』を読むことがあったでしょうか。それ以前に、そもそも世の中に『万葉集』という書物があることを知っていたでしょうか。

なるほど江戸時代には『万葉集』の木版テキストが販売されていましたし、国学者たちは精出して『万葉集』の研究や注釈に取り組んでいました。が、そういう仕事に従事したり、その成果に接したりしたのは、知的特権に恵まれた公家や武家の人たちか、さもなくば僧侶や神職、せいぜい豪農の檀那衆であって、熊さんたちではありませんでした。江戸庶民のリテラシーは意外に高かったのだと言いたがる人たちのために付言すれば、庶民相手の寺子屋で『万葉集』が講じられたという話はまったく聞いたことがありません。

『万葉集』の国民歌集化

反省は済みましたから、話の出発点は共有していただけたものと思いますが、念のためもう一段階遡って、出発点のそのまた前提を確認しておきましょう。江戸時代の熊さんたちは日本国民ではなかったという一件です。

戊辰戦争に際し会津攻略を指揮した板垣退助が、あっけない勝利に胸を撫で下ろすそばからぞっとしたという逸話があります。会津の民百姓が誰も戦いに参加しなかったばかりか、中には駄賃稼ぎのために官軍側の下働きを申し出る者までがいた。これがもし日本対外国の戦いだったらどうなっていたことだろう——そう思い至ったのだそうです(『自由党史』一九一〇年、岩波文庫版一九五八年)。この数年後、福沢諭吉も同様の考えを公にします。日本の社会では治者と被治者とが水と油のように分離しており、国の独立を賭けた戦争にも被治者はおよそ無関心であると慨嘆し、「日本は政府ありて国民《ネーション》なし」と断言したのです(『文明論之概略』一八七五年、岩波文庫版一九九五年）。

国の成員がみな進んで国に協力しようとする状態、つまり国民としての自覚を有する状態を作り出さないと、列強に伍して独立を保つことなどおぼつかない——西洋諸国の事情に通じた知識人たちは、維新の前後からそう痛感していたのですが、当初は軍隊や工場の創設など、ハード面の近代化で手一杯でした。ソフト面でも近代的学校教育が開始されたとはいえ、学校で学んだ人たちが世の中に出るまではかなりのタイムラグがありました。

それが、維新後十数年を経て一八八〇年代を迎えると、国粋保存主義と呼ばれる思潮が巻き起こります。人々に文化の共有を自覚させることを通して、広汎な国民的一体感の醸成が目ざされたのです。文芸の分野では「国詩《ナショナル・ポエトリー》」——国民全体に共有され、その精神的統合に寄与する詩歌——の創出が叫ばれ、その指針として次の四点が繰り返し唱えられました。新時代にふさわしい複雑雄大な内容を盛り込むために、①詩形を長大にし、②用語の範囲を拡張すること。そして国民的普及を可能にするために、③表現を平明にし、④過剰な修辞や擬古的措辞を排すること。この四点です。

『万葉集』が国民歌集《ナショナル・ポエトリー・アンソロジー》（国詩の集）として見出されたのも、まさにこの脈絡においてでした。新体詩の出現とともに和歌の存在意義が全否定されかけたとき、その立て直しを図った人々によって、国学和歌改良論が展開されます。国学の素養を身につけた彼らは、和歌は狭隘《きょうあい》短小で使い物にならぬとの非難を是認する一方、そうした非難は平安時代以降の堕落した和歌にこそ妥当するのであって、和歌の本源である万葉の歌々はこの限りではないのだ、と口々に反駁します。彼らに言わせれば、上記の指針①は万葉の長歌がとうに先取りしていたし、②に関しても万葉には少数ながら漢語を使用した先例がある。③④にしたところで、万葉のことばは当時の普通語で、表現も率直そのものだというわけでした。

『万葉集』はこうして、きたるべき国詩の古代における先蹤と見なされていきました。〝天皇から庶民まで〟の作者層と〝素朴・雄渾・真率〟な歌風という、後々まで通念となる二つの特徴がこの扱いを根拠づけたのですが、これらは二つとも、国民的一体感の喚起という目的に沿って見出され、誇張された特徴——つまり作られた特徴にほかなりませんでした。

『万葉集』を国民歌集とする通念には、実は二つの側面があります。

㈠、古代の国民の真実の声があらゆる階層にわたって汲み上げられている。

㈡、貴族の歌々と民衆の歌々が同一の民族的文化基盤に根ざしている。

㈠を「万葉国民歌集観の第一側面」、㈡を同じく「第二側面」と呼びます。第一側面は明治中期に、第二側面は明治後期に形成されて、互いに補い合いながら普及し、昭和初期までに日本人の一般常識となりました。

第一側面が形成された当時、和歌は文筆の所産と目されていましたから、『万葉集』に庶民の歌があると主張するのは、地べたに蓆を敷いて暮らす人々に読み書きができたと言い張るようなもので、明らかに非現実的でした。この点を取り繕う役割を果たしたのが第二側面です。「明治後期国民文学運動」と私の呼ぶ学際的運動の渦中で、国民の一体性の根拠をフォルク（Volk 民族／民衆）の文化に求める思想がドイツから移植され、『万葉集』に導入された。具体的には、巻十四の東歌や他巻の作者不明歌に、「民謡《フォルクスリート》」つまり〈民族／民衆の歌謡〉という概念がほとんど無媒介に適用されていったのです。短歌は自然発生的な民謡の一形式と見なされるとともに、貴族たちの創作歌を含む万葉歌全般の基盤が民謡に求められていきました。大正期には、東歌は民謡ではあるまいとの反対意見も現れるのですが、『万葉集』をあくまで民族的文化と捉えたい人たちが、懐疑の声を寄ってたかって掻き消してしまいます。

注意しておきたいのは、ドイツ語 Volk の概念は王侯貴族を排除して成り立つのに対し、この概念と接触して成立した日本語「民族」の概念には〝天皇から庶民まで〟の全体が包摂される、という点です。ドイツ流の Volk 理解においては、支配層は文明という普遍的価値と引き替えに民族性を喪失した人々であって、被支配層の文化こそが固有の民族精神を具現するとされたのに、日本流の「民族」理解では、支配層と被支配層との対立が骨抜きとなって、両者の文化的連続性ばかりが強調されることになったのです。民謡を創作歌の基盤とする了解は、この、近代日本特有の「民族」概念と表裏一体でした。

アララギ派の万葉尊重

正岡子規が「歌よみに与ふる書」を新聞『日本』に連載し、「貫之は下手な歌よみにて古今集はくだらぬ集に有之候《これありさうらふ》」と決めつけたのは、一八九八年（明治31）の二月から三月にかけてです。このとき万葉国民歌集観の第一側面はもう出来上がっていましたし、師範学校のカリキュラムにもすでに導入されていましたから（中学校では一九〇二年から導入）、子規は、かつてそう目されたような、近代における〝万葉再発見〟の功労者ではありません。とはいえ、子規とその門弟たちが「写生」と「万葉調」を旗印に活動したことは紛れもない事実ですし、そのことが端緒となって後のアララギ派の隆盛が導かれたことも間違いありません。

一九〇二年に子規が亡くなると、その翌年、遺弟たちの手で歌誌『馬酔木《あしび》』が創刊されます。伊藤左千夫率いるこのグループは、極端な万葉模倣に走ったため、他派からは時代錯誤の擬古派と冷笑され、五年後に後継誌『アララギ』を発足させてからもしばらく足踏みを続けました。が、一九一一年に斎藤茂吉が編集を担当したころから面目を一新、一九一三年（大正2）に左千夫が没し、茂吉が第一歌集『赤光』を刊行したころからは会員も俄然増加して、その三年後には歌壇を睥《へい》睨《げい》する最大結社へと急成長を遂げます。

当時『アララギ』の編集責任者だった島木赤彦は、一九一六年の短歌界を振り返って「一般の歌風の今年に至つて益《ますく》万葉調を趁《お》ふに傾いた事は争はれぬ事実である。予は躊躇《ちうちよ》なく之《これ》をアララギ調の流行といふ」と豪語しました（『読売新聞』一九一六年十二月十五日。原文総ルビ）。実際、このころはアララギ以外の結社でも何人もの歌人が万葉歌の評釈を手がけており、歌壇はおしなべて万葉尊重の空気に包まれていたのです。アララギはこの気運に乗じて組織を拡大した格好ですが、気運そのものを作り出したわけではありません。

では、何が気運を作り出したのか。各種中等学校の卒業者、つまり学校で『万葉集』の価値を教えられた経歴をもつ人の累計は、このころすでに数十万人に達していました。万葉尊重を擬古趣味とは思わない人々が広汎に育ってきていたのであり、この背景人口こそ、事態を下支えする基礎的条件だったと見てよいでしょう。

アララギの歌壇制覇を実務面で支えたのは、看板歌人の茂吉よりもむしろ、いま名前を挙げた赤彦でした。彼は、『万葉集』は祖先の素朴な感情生活の所産であり、複雑に分岐した文明社会に生きるわれわれにとって常に立ち返るべき原点であって、ともすれば枯渇しがちな活力の供給源でもある、と機会あるごとに説いて回りましたが、論調にはかなりの振れ幅がありました。当初は「万葉集は真情そのまゝを飾らず包まず其儘に歌つてゐる」(「万葉集に見る新年歌」一九〇八年一月、全集3)などと発言し、国民歌集観第一側面に立って万葉歌の純真さを評価していたのですが、大正後期、歌人として円熟期を迎えると、実作で目ざした理想の歌境を『万葉集』に投影するようになっていきます。

一例を挙げましょう。赤彦は、山部赤人の一首、

み吉野の象山《きさやま》のまの木末《こぬれ》にはここだも騒《さわ》く鳥の声かも　（巻六・九二四）

をこう絶讃したのでした。「一首の意至簡にして、澄み入る所が自《おのづか》ら天地の寂寥相に合してゐる。騒ぐというて却〔かへ〕つて寂しく、鳥の声が多いというて愈々〔いよいよ〕寂しいのは、歌の姿がその寂しさに調子を合せ得るまでに至純である為めである」（『万葉集の鑑賞及び其批評』一九二五年、岩波書店）。

この批評は当時広く受け入れられたのですが、よく考えると変なところがあります。なにしろ右の歌は、長歌に付属する反歌二首の一首めであって、一連の主題は聖武天皇の吉野行幸を讃美する点にありました。離宮を取り巻く清浄な景観を讃え、大宮人の永遠の奉仕を誓う長歌に続くものとして、この「み吉野の」の歌が配されているのです。それが寂しい歌ではまずくないでしょうか。「ここだも騒く鳥の声」は、文字通り賑やかな声であり、聖地吉野が生命の営みに満ち溢れていることの象徴と読むべきでしょう。

赤彦に限らず、アララギ派が主導した近代的万葉享受には、歌を本来の作歌事情・制作環境から切り離して、近代歌人の作る叙景歌や抒情歌のように取り扱う傾向がありました。

晩年の赤彦はまた、『万葉集』理解の比重を国民歌集観第二側面に移し、「一大民族歌集」「上古日本民族全体の全人格的生産物であつて、その間に貴賤貧富男女老若の差別がない」(「万葉集一面観」一九二〇年四月、全集3)といった発言を繰り返すようになります。かくて大結社アララギの共通理解となった彼の万葉観は、大正末期には、岩波書店の出版事業に代表される教養主義の思潮とも結びついて、広く読書人に浸透していきます。

空前の万葉ブームと時局の荒波

ヨーロッパ諸国が第一次大戦以来の精神的混迷を引きずっていたのとは対照的に、昭和初期の日本には、長らく目ざしてきた近代化が達成できたとの自負が漲《みなぎ》っており、もはや西洋に学ぶことなどないと極論する者までが現れていました。

文学者や知識人のあいだに日本回帰の思潮が醸成されたことを背景に、『万葉集』はますます人々の愛着を集め、〝日本文化の優秀性〟や〝日本人の民族的美質〟といった自己愛的想像を呼び寄せていきます。千二百年以上前の祖先がみな一廉《ひとかど》の詩人だった民族。それを可能にする簡素な詩形を大切に守り伝えてきた民族。折々の喜びや悲しみや苦悩や希望をその詩形に託し、深い共感で繋がれてきた民族――国民歌集観第二側面の完成形態であるこの想像のもと、空前の万葉ブームが到来します。

職業的な万葉学者が輩出し、校本や総索引など、研究上有益な基礎的著作を相次いで公刊していきました。廉価で信頼性の高いテキストが普及する一方、複数の注釈が競作され、文献学的研究をはじめとして歌人論・編纂論・地理・植物・動物・染色など、万葉と名の付くあらゆるテーマが研究対象となっていきます。

専門家ばかりではありません。家庭婦人向けの月刊誌『主婦之友』が万葉秀歌の大々的な人気投票を実施したのもこの時期で（一九二七年一～九月）、景品は著名日本画家五名の下絵を木版画にした「特製万葉かるた」でした。さらに、斎藤茂吉の大著『柿本人麿』（全五冊・一九三三〜四〇年、岩波書店）は一九四〇年（昭和15）五月に帝国学士院賞を受賞しましたし、『万葉集』の現代版を作ろうとの企画には実に四十万首近い応募がありました（『新万葉集』全一一冊・一九三七〜三九年、改造社）。ブームの総仕上げとも評せる事象でしょう。

ところがそれだけでは済まなかった。国威発揚・戦意高揚を狙う国策のもと、『万葉集』は『古事記』『日本書紀』と並ぶ軍国日本の聖典に祭り上げられていったのです。思想当局・文部当局が推進し、多くの学者・文化人が迎合することで加速されたこの動きは、「国体明徴」が叫ばれた一九三五年以降、露骨きわまるものとなります。文部省作成の国策宣伝パンフレット『日本精神叢書』（一九三五〜四三年）、『国体の本義』（一九三七年）、『臣民の道』（一九四一年）などに、特定の万葉歌が繰り返し掲げられて、日本人が先祖代々発揮してきた忠君愛国精神の例証とされていきました。この宣伝には小学校の国語教科書も巻き込まれましたし（第四期国定教科書、通称「サクラ読本」）、一九四二年十一月に日本文学報国会が「愛国百人一首」を選定した際には、一〇〇首中二三首までを万葉歌が占めたのでした。

もっとも頻繁に宣伝されたのは次の二例でしょう。

今日よりは返り見なくて大君《おほきみ》の醜《しこ》の御楯《みたて》と出《い》で立つ吾は　（巻二十・四三七三）

……海行かば水漬《みづ》く屍《かばね》、山行かば草むす屍、大君の辺《へ》にこそ死なめ、返り見はせじ……　（巻十八・四〇九四）

第一例は下野国の防人、今奉部与曾布《いままつりべのよそふ》の作で、〈賤しいわが身だが、防人となったからには体を張って大君をお守りするぞ〉と忠勇の心意気を歌い上げる。第二例は大伴家持の「出金詔書を賀する歌」の一節で、武門の一族である大伴氏に代々語り継がれてきた詞章を引用した箇所です。〈海に山にわが骸《むくろ》をさらすことも厭《いと》わない〉と天皇への絶対随順を言立《ことだ》てるこの一節は、一九三七年に「国民歌謡」として作曲され、太平洋戦争中は国歌に準ずる「国民歌」に指定されて、公的会合における歌唱が義務づけられました。

『万葉集』四千五百余首のうち、四割以上は男女の交情をテーマとする相聞歌です。が、それらは一切黙殺されました。百首近くある防人歌にしても、大多数は家族とのつらい離別を歌った作ですが、それらも素通りされた。「今日よりは」のような勇ましい歌は、防人歌はおろか『万葉集』全体でもごく僅かしかないのに、そういう例外的な歌をことさら取り上げ、戦争遂行に利用するという、恣意的かつ一面的な扱いがまかり通っていたのです。

荒波をやり過ごして

一九四五年八月の敗戦を受け、国民学校国語教科書の第六学年用単元「万葉集」は墨塗りの対象とされました。日本文化を全否定する言論の横行に伴なって、『万葉集』を平和日本建設の障害物のように見なす言説が一時流通しますが、この状態は長くは続きませんでした。文部省教学局的『万葉集』、日本文学報国会的『万葉集』は闇に葬られ、代わって、昭和初期までに一般常識化していた万葉像が息を吹き返していったのです。日本人の民族的美質の表象としての万葉像です。

復活した『万葉集』は、高度経済成長期から安定成長期にかけて、二度めのブームを迎えます。岩波書店の『日本古典文学大系』に収録された四冊本『万葉集』（一九五七〜六二年）が売れに売れ、犬養孝や中西進といったスター学者の活躍により一般愛好家の裾野が拡がって、各種カルチャーセンターには万葉の講座が必ず設けられました。

世紀の変わり目ごろ、この状態に変化が現れます。世界が大小の国民国家によって分割されている状態が揺らぎ始めたのを機に、『万葉集』に対する国民的愛着を批判的に分析する研究が現れました——こう書くと、自身の業績の先駆性を誇称することになってしまいますが、それは本意ではありません。私が右の研究に着手したのと軌を一にするようにして、当の愛着がめっきり色あせてきたのです。若い世代は『万葉集』に背を向けるようになり、学会の会員はみるみる減り始めた。研究も享受も世代交代が進まないまま、沈滞に陥りつつあります。

けれども、禍福はあざなえる縄と評すべきでしょうか、国民的愛着などとは無関係に『万葉集』と付き合おうとする人たちが着実に増えてきました。最たる例は外国人の研究者たちです。北米では、刮目《かつもく》すべき研究成果がすでに挙がっています。『万葉集』を七・八世紀の東アジア世界に流通した帝国的想像《インペリアル・イマジネーション》の一環と見定めたうえで、テキストとしての特質に肉薄する研究です（Torquil Duthie, *Man'yōshū and the Imperial Imagination in Early Japan*, Brill, 2014）。

改元を巡る一過性のブームが過ぎ去ってしまえば、『万葉集』の愛読者は、日本ではまたもや減少の一途をたどることになるのでしょう。しかしそれでいいのではないでしょうか。信仰にも似た愛着とすっぱり縁を切ってはじめて、私たちは『万葉集』と冷静に付き合うことができるはずなのです。腐臭を放つ「万葉びと」への憧憬を踏み越えて進む人々によって、『万葉集』はこれからも、細く、長く、そしていっそう豊かに読み継がれていくに相違ありません。

第三章

「令和」から浮かび上がる大伴旅人のメッセージ

〈よくわかる解説篇〉

――「短歌研究」二〇一九年七月号掲載

新しい年号が発表されたとき、私はただちに「短歌研究」五月号ほかいくつかの媒体に寄稿しました。その文章は、ネット上でも公開され、ずいぶん話題にしていただきました。

「令和」の典拠になった『万葉集』巻五の「梅花歌」序はどう読み解けるか、この序を書いた大伴旅人はそこにどんなメッセージを託したことになるか、ということを考えたものです。

寄稿した文章では、原典を精読する余裕はありませんでした。今回は、実際にみなさんと歌や文章を読みながら、具体的にお話ししたいと思います。

＊

まず「梅花歌」序（54～62ページ資料①）です。「梅花歌三十二首、あはせて序」

と題してある。漢文で書かれたこの序文は、大伴旅人が書いたと考えられます。かつては、山上憶良が書いたのではないかという説もありましたが、現在の研究者たちは旅人と考えています。

序文に続いて三二首の歌が掲載されていて、これが八一五番から八四六番まで。その次に「員外故郷を思ふ歌両首」というのがあります。宴に集まった三二人のメンバーに入っていなかった人が、故郷、すなわち平城京を思う歌を二首作ったというのです。それが八四七番と、八四八番。さらに、八四九番から八五二番は、「後に梅の歌に追和する四首」で、やはりメンバーから外れた誰かがあとで梅花の歌に追和した歌と称するものです。これらは、旅人が自分で作ったくせに、そらっとぼけて、誰の歌か分かりませんとしてつけ加えたのでしょう。文字遣いから旅人作と考えられています。

「天平二年」は西暦でいうと七三〇年で、もう千三百年近く前です。その正月十三日、「帥老《そちらう》の宅《いへ》にあつまりて」——帥とは大宰府の長官のことで、大伴旅人をさします。「宅《いへ》にあつまりて、宴会をのぶ。時に初春の令月にして、気淑《よ》く風和《やはら》ぐ」。この「令月」、「風和ぐ」というところが「令和」という今度の年号のもとになりました。

ちなみに私は「元号」という言葉を使いません。古代の文献にも「元号」という言葉はない。「大宝」も「和銅」も当時は「元号」ではなく、「年号」と言っていました。「儀制令《ぎせいりょう》」という法典の最後の条文に、公文書に年を記載するときは必ず「年号」を用いなさいと規定されています。「改元」という言葉はありましたが、「元号」を改めるという意味ではなく、年号上の元年、つまり年を数えるスタートラインを改めるという意味でした。今からお話しする聖武天皇の時代は、途中まで「神亀《じんき》」です。神亀六年に改元して「天平」となった。世の中が煮詰まってきたなというときに、祥瑞《しょうずい》が現れたなどと理由をつけて古い年号を反故にし、新しい暦で再出発しようとしたのであり、一世一元という、近代に始まった制度とは考え方が根本的に違います。天皇の代ごとに「元号」が変わるというのは、「天皇は神聖にして侵すべからず」という大日本帝国憲法の精神とは整合するでしょうが、日本国憲法の主権在民の原則には合わないと思っています。

さて、今度の新しい年号のもとになったとされる箇所が、「初春の令月にして、気淑く風和ぐ」ですが、およそテキストというものは、一部だけ取り出しても意味をなしません。細部と全体が相互に依存しあう性質を持つからです。細部の積み重ねが全体を構成する一方、全体の理解を欠いたままでは細部の理解も徹底しない。ですから、テキストを解釈する行為は細部と全体を何度も往復してなされる必要がある。これを「解釈学的循環」といいます。「初春の令月にして、気淑く風和ぐ」という句は、「梅花歌」の序と、それに続く三二首・二首・四首、計三八首の短歌——少なくともこの全体の理解と支え合うものでなくてはなりません。

テキストの細部と全体

では序の続きを読んでいきましょう。「梅は鏡前の粉《ふん》を披《ひら》き、蘭は珮後《ばいご》の香を薫らす」。梅の花を美人がお化粧しているところになぞらえているわけです。化粧台の前で美しく粧っているように、梅がいともあでやかに開花したと。

「梅花歌」解説篇・資料集

①は序の漢字本文（原文）を掲げたうえで序と歌の書き下し文を掲げ、全体の現代語訳を付す。②は全体を三段に分けて漢字本文（原文）・書き下し文・現代語訳を掲げ、③は全体を四段に分けて同様に処理する。①は『新編日本古典文学全集7 万葉集②』（小島憲之・木下正俊・東野治之校注・訳、小学館、一九九五年）に、②は『全釈漢文大系27 文選（文章編）二』（小尾郊一著、集英社、一九七四年）に、③は興膳宏『六朝詩人伝』（大修館、二〇〇〇年）に依拠しつつ、適宜私見を交えた。

①梅花歌三十二首并序〔『万葉集』巻五、八一五～八四六〕

梅花歌卅二首并序

天平二年正月十三日、萃于帥老之宅、申宴會也。**于時初春令月、氣淑風和**。梅披鏡前之粉、蘭薫珮後之香。加以、曙嶺移雲、松掛羅而傾盖、夕岫結霧、鳥封縠而迷林。庭舞新蝶、空歸故鴈。於是盖天坐地、促膝飛觴。**忘言一室之裏**、開衿煙霞之外。淡然自放、**快然自足**。若非翰苑、何以攄情。詩紀落梅之篇、**古今夫何異矣**。宜賦園梅聊成短詠。

梅花の歌三十二首 并せて序

天平二年正月十三日に、帥老《そちらう》の宅《いへ》に萃《あつ》まりて、宴会を申《の》ぶ。時に、初春の令月にして、気淑《よ》く風和《やはら》ぐ。梅は鏡前の粉《ふん》を披《ひら》き、蘭《らん》は珮後《ばいご》の香を薫らす。加以《しかのみにあらず》、曙《あさけ》の嶺に雲を移し、松は羅《うすもの》を掛けて蓋《きぬがさ》を傾《かたぶ》け、夕《ゆふへ》の岫《くき》に霧を結び、鳥は縠《うすもの》に封《と》ぢられて林に迷《まと》ふ。庭には舞ふ新蝶あり、空には帰る故雁あり。是《ここ》に天を蓋にし地を坐《しきゐ》にし、膝を促《ちかづ》け觴《さかづき》を飛ばす。言を一室の裏《うち》に忘れ、衿《ころものくび》を煙霞の外に開く。淡然と自放《ほしきまにま》に、快然と自足《あきだ》らふ。若し翰苑に非ずは、何を以てか情を攄《の》べむ。詩に落梅の篇を紀《しる》す、古《いにしへ》と今と夫《そ》れ何か異《こと》ならむ。園梅を賦して、聊《いささ》かに短詠を成すべし。

815 正月《むつき》立ち春の来《きた》らばかくしこそ梅《うめ》を招《を》きつつ楽しき終《を》へめ　大弐《だいに》紀卿《ききやう》

816 梅の花今咲けるごと散り過ぎず我が家《へ》の園《その》にありこせぬかも　少弐《せうに》小野《をの》大夫《だいぶ》

817 梅の花咲きたる園の青柳《あをやぎ》は縵《かづら》にすべくなりにけらずや　少弐《せうに》粟田《あはた》大夫《だいぶ》

818 春さればまづ咲くやどの梅の花ひとり見つつや春日《はるひ》暮らさむ　筑前守《ちくぜんのかみ》山上《やまのうへ》大夫《だいぶ》

819 世間《よのなか》は恋繁しゑやかくしあらば梅の花にもならましものを　豊後守《ぶんごのかみ》大伴《おほとも》大夫《だいぶ》

820 梅の花今盛りなり思ふどちかざしにしてな今盛りなり　筑後守《ちくごのかみ》葛井《ふぢゐ》大夫《だいぶ》

821 青柳《あをやなぎ》梅との花を折りかざし飲みての後は散りぬともよし　笠《かさの》沙弥《さみ》

822 我が園に梅の花散るひさかたの天より雪の流れ来《く》るかも　主人《あろじ》

823 梅の花散らくはいづくしかすがにこの城《き》の山に雪は降りつつ　大監《だいけん》伴氏《ばんじ》百代《のももよ》

824 梅の花散らまく惜しみ我が園の竹の林に鶯《うぐひす》 鳴くも　少監《せうけん》阿氏《あじ》奥嶋《のおきしま》

825 梅の花咲きたる園の青柳を縵にしつつ遊び暮らさな
少監土氏百村《せうけんどじのももむら》

826 うち靡《なび》く春の柳と我がやどの梅の花とをいかにか分《わ》かむ
大典史氏大原《だいてんしじのおほはら》

827 春されば木末《こぬれ》隠《がく》りて鶯そ鳴きて去《い》ぬなる梅が下枝《しづえ》に
少典山氏若麻呂《せうてんさんじのわかまろ》

828 人ごとに折りかざしつつ遊べどもいやめづらしき梅の花かも
大判事丹氏麻呂《だいはんじたんじのまろ》

829 梅の花咲きて散りなば桜花継《つ》ぎて咲くべくなりにてあらずや
薬師《くすりし》張氏福子《ちやうじのふくし》

830 万世《よろづよ》に年は来経《きふ》とも梅の花絶ゆることなく咲き渡るべし
筑前介《ちくぜんのすけ》佐氏子首《さじのこおびと》

831 春なればうべも咲きたる梅の花君を思ふと夜眠《よい》も寝《ね》なくに
壹岐守板氏安麻呂《いきのかみはんじのやすまろ》

832 梅の花折りてかざせる諸人《もろひと》は今日の間《あひだ》は楽しくあるべし
神司《かむづかさ》荒氏稲布《くわうじのいなしき》

833 毎年《としのは》に春の来《きた》らばかくしこそ梅をかざして楽しく飲まめ
大令史野氏宿奈麻呂《だいりやうしやじのすくなまろ》

834 梅の花今盛りなり百鳥《ももとり》の声の恋《こほ》しき春来《きた》るらし
少令史田氏肥人《せうりやうしでんじのくまひと》

835 春さらば逢はむと思《も》ひし梅の花今日の遊びに相見つるかも
薬師《くすりし》高氏義通《かうじのぎつう》

836 梅の花手折りかざして遊べども飽き足《だ》らぬ日は今日にしありけり
陰陽師礒氏法麻呂《おんやうじぎしのりまろ》

837 春の野に鳴くや鶯懐《なつ》けむと我が家《へ》の園に梅が花咲く
算師志氏大道《さんししじのおほみち》

838 梅の花散り紛《まが》ひたる丘傍《をかび》には鶯鳴くも春かたまけて
大隅目《おほすみのさくわん》榎氏鉢麻呂《かじのはちまろ》

839 春の野に霧立ち渡り降る雪と人の見るまで梅の花散る
筑前目《ちくぜんのさくわん》田氏真上《でんじのまかみ》

840 春柳縵に折りし梅の花誰《たれ》か浮かべし酒坏《さかづき》の上《へ》に
壹岐目《いきのさくわん》村氏彼方《そんじのをちかた》

841 鶯の音《おと》聞くなへに梅の花我家《わぎへ》の園に咲きて散る見ゆ
對馬目《つしまのさくわん》高氏老《かうじのおゆ》

842 我がやどの梅の下枝《しづえ》に遊びつつ鶯鳴くも散らまく惜しみ　薩摩《さつまの》目《さくわん》高氏《かうじの》海人《あま》

843 梅の花折り挿頭《かざ》しつつ諸人《もろひと》の遊ぶを見れば都しぞ思《も》ふ　土師《はにし》氏《うぢの》御道《みみち》

844 妹が家《へ》に雪かも降ると見るまでにここだも紛《まが》ふ梅の花かも　小野《をの》氏《うぢの》國堅《くにかた》

845 鶯の待ちかてにせし梅が花散らずありこそ思ふ子がため　筑前《ちくぜんの》掾《じよう》門氏《もんじの》石足《いはたり》

846 霞立つ長き春日《はるひ》を挿頭《かざ》せれどいや懐《なつ》かしき梅の花かも　小野《をの》氏《うぢの》淡理《たもり》

員外思故郷歌両首（員外、故郷を思ふ歌両首）

847 我《わ》が盛りいたくくたちぬ雲に飛ぶ薬食《は》むともまた変若《を》ちめやも

848 雲に飛ぶ薬食むよは都見《み》ば賤《いや》しき我が身また変若《を》ちぬべし

後追和梅歌四首（後に追和する梅の歌四首）

849 残りたる雪に交じれる梅の花早くな散りそ雪は消《け》ぬとも

850 雪の色を奪ひて咲ける梅の花今盛りなり見む人もがも

851 我がやどに盛りに咲ける梅の花散るべくなりぬ見む人もがも

852 梅の花夢《いめ》に語らくみやびたる花と我《あれ》思《も》ふ酒に浮かべこそ　一に云ふ、いたづらに我を散らすな

酒に浮かべこそ

【現代語訳】

梅花の歌三十二首および序

天平二年正月十三日、大宰府長官旅人卿の邸宅に集い、宴会を開く。折しも初春の麗しき月であり、外気は快く風はやわらいでいる。梅花は鏡の前の白粉《おしろい》のように白く咲き、蘭は帯から提げた匂い袋のように薫る。そればかりではない。夜明けの嶺には雲がさしかかり、松は雲の羅《うすもの》をまとって蓋《きぬがさ》をさしかけたようであり、夕暮れの山の穴には霧がたちこめ、鶏は霧の縠《うすもの》に閉じ込められて林をさまよう。庭には今年生まれた蝶が舞い、空には去年来た雁が帰って行く。そこで屋外に出て、天を蓋とし地を蓆《むしろ》とし、互いに膝を近づけて酒杯をめぐらす。一室にいてことばも要らぬほど意気投合し、外界の自然へゆったりと心を解き放つ。各自が淡々とふるまい、愉快な思いに満ち足りる。もし文筆によるのでなくては、どうやってこの心境を表現できようか。漢詩には落梅の篇というものが残されているが、古人も今人も何の違いがあろうか。さあ、この園の梅を詠じて、短い歌を作るとしよう。

815　正月となり春が来たら、こうして梅を賓客に迎えては歓を尽くそうぞ。　首席次官紀卿

816　梅花よ、今咲いているようにいつまでも散らず、われらの家の庭にいてくれまいか。
次席次官小野大夫

817　梅が開花した庭の青柳は、縵にできるほど若い枝が伸びてきたではないか。
次席次官粟田大夫

818　春が来るとまず咲く宿の梅花を、独りで見ては春の日を暮らすのだろうか。

819 この世は苦しい恋でとかく煩わしい。ならばいっそ梅の花にでもなりたいものを。
筑前国長官山上大夫

820 梅の花は今が盛りだ。気の合う者どうし髪に挿そうではないか。今が盛りだ。
豊後国長官大伴大夫

821 青柳と梅を華やかに折って髪に挿し、飲んだあとなら散ってもかまわぬわい。
筑後国長官葛井大夫

笠氏の出家

822 わが家の庭に梅の花が散る。あれは遠い天から雪が流れてくるのかしらん。
主人

823 梅花が散るとはどこやら。とはいえ目前の大野山にまだ雪は降っていて……。
首席三等官大監伴氏百代

824 梅花が散るのを残念がって、われらの庭園の竹林で鶯が鳴くよ。
次席三等官阿氏奥嶋

825 梅の花が咲いているこの庭の青柳をおのおの縵にして楽しく過ごしたい。
少監土氏百村

826 しなやかに靡く春の柳とわれらの庭園の梅の花とに、どうして甲乙がつけられようか。
大典史氏大原

827 春になったから、梢に隠れて鶯が鳴きながら飛び移るようだ。梅の下枝に。
少典山氏若麻呂

828 集うた者がてんでに折っては髪に挿し楽しく過ごすが、ますます可憐な梅の花よ。

829 梅の花がまず咲いて散ってしまったら、次は桜花が咲きそうな気配ではありませんか。
大判事丹氏麻呂

830 とこしえに年は経巡っても、この梅花はなくならずに咲き続けるに相違ない。
薬師張氏福子

831 春だから当たり前のように咲いた梅の花よ。貴兄を思うと夜も寝られぬのだがな。
筑前介佐氏子首

832 梅の花を折って髪に挿している一同は、せめて今日一日は楽しく過ごすがよかろう。
壹岐守板氏安麻呂

833 毎年春がやって来たら、こんなふうに梅を髪に挿して愉快に飲もう。
神司荒氏稲布

834 梅の花は今が盛りだ。さまざまな鳥の声の待ち遠しい春が来たものと見える。
大令史野氏宿奈麻呂

835 春になったら逢いたいと思っていた梅の花よ、今日の遊宴の席で巡り逢えたねえ。
少令史田氏肥人

836 梅花を手折って髪に挿し遊んでも、なお歓を尽くした気がしない日が今日であった。
薬師高氏義通

陰陽師礒氏法麻呂

837 春の野に鳴く鶯を手懐けようとばかりに、われらの家の庭に梅が花咲く。算師志氏大道

838 梅の花が散り乱れた丘のほとりでは、鶯が鳴くよ。待ちに待った春が来たとて。大隅目榎氏鉢麻呂

839 春の野いちめんに濛々と降る雪かと、人が見紛うばかりに梅の花が散る。筑前目田氏真上

840 春柳のように縵にしようと折った梅の花を誰か浮かべたのだ、酒杯の上に。壹岐目村氏彼方

841 鶯の声を聞いたちょうどそのとき、梅の花がわれらの家の庭に咲いて散るのが見える。對馬目高氏老

842 われらの庭園の梅の下枝で遊び遊び鶯が鳴くよ。散るのを残念がって。薩摩目高氏海人

843 梅の花を折っては髪に挿して一同が楽しむ様子を見ると、都のことばかり思い出す。土師氏御道

844 恋人の家に雪が降るかと見紛うばかりに、なんと盛んに梅の花が散り乱れることか。小野氏國堅

845 鶯が待ちかねていた梅の花よ、散らずにいておくれ。そなたの恋人のために。筑前拯門氏石足

846 霞の立つ長い春の日のあいだ髪に挿しているのに、ますます慕わしい梅の花であるよ。

小野氏淡理

員数外の者の故郷を思う歌二首

847 わが人生の盛りは遙かな日々となった。雲に飛び上がる仙薬を喫しても、二度と若返りはしない。

848 雲に飛び上がる薬を口にするよりは、都を見れば、この老いぼれもまた若返るに相違ない。

後に梅花の歌に追和した四首

849 消え残った雪に交じって咲く梅の花よ、早々と散らないでおくれ。雪が消えてしまっても。

850 雪の白を奪ったかのように美しく咲いた梅は今が盛りだ。ともに見てくれる人はないものか。

851 わが庭園に今を盛りと咲いた梅の花が散りそうになってきた。ともに見てくれる人はないものか。

852 梅の花が夢で語るには「風雅な花と自負しています。酒に浮かべて欲しいもの」。別伝に云う、「空しく私を散らせるな。酒に浮かべて欲しい」。

「しかのみにあらず」、それだけではない。「あさけの嶺《みね》に雲を移し、松は羅《うすもの》を掛けて蓋《きぬがさ》を傾け、夕の岫《くき》に霧を結び、鳥は縠《うすもの》に封《と》ぢられて林に迷《まと》ふ」。春の風物を叙していいます。「庭には舞ふ新蝶あり、空には帰る故雁あり。ここに天を蓋にし地を坐《しきゐ》にし、膝をちかづけ、觴《さかづき》を飛ばす」。皆で屋外に出て青空のもと一献傾けることにした。

「言を一室のうちに忘れ」というところを太い字にしてあるのは、あとで読む中国六朝の漢詩文と対応する文言だからです。大もとの文章では「言を一室のうちに悟《さと》り」となっているのですが、言葉を交わすまでもなく、顔を見合わせただけでお互いの気持ちが分かるというふうにひとひねりして、より複雑な内容を盛り込んでいる。「衿《ころものくび》を煙霞の外に開く」というのは、心を外界に向かって解き放つということ。

すると「淡然とほしきまにまに、快然とあきだらふ」、このうえもない満足に包まれる。「若し翰苑《かんえん》に非ずは何を以てか情をのべむ」。翰苑というのは文士の集う場所をいいますが、ここでは「文筆」くらいの意味でしょう。われわれの今の心境は文筆によらなくては表現しがたい、というわけです。

「詩に落梅の篇をしるす、古《いにしへ》と今と、それ、何か異ならむ」――ここも太字にしておきました。あとで読む「蘭亭集序」と響き合う文言だと思います。

「園梅を賦していささかに短詠を成すべし」、さあ、この園の梅を歌に詠んで、そしてそれぞれ短い詩を作りましょう。短詠と言っているのは、短歌のことです。

ということで、一読すると、いい季節になったからみんなで一杯やって梅を愛でましょうと言っているだけのようですが、そこに、「読む人が読めば分かりますよね」という仕掛けがちりばめられている。

「間テキスト性」(intertextuality)という言葉があります。文学研究者のあいだでは常識となっていますが、一般にはまだ耳慣れない言葉かもしれません。あるテキストが別のテキストとキーワードで結ばれている、そのことで先行テキストの文脈を引き込んでいる、という関係に注目する言葉です。つまり、旅人の「梅花歌」序は、「キーワードに注目すれば何が先行テキストか見当がつきますね。こちらの全文とあちらの全文を照らし合わせて読んでください。そうするともっと

②張衡「帰田賦」〔『文選』賦篇〕

遊都邑以永久、無明略以佐時。徒臨川以羨魚、俟河清乎未期。感蔡子之慷慨、從唐生以決疑、諒天道之微昧。追漁父以同嬉、超埃塵以遐逝、與世事乎長辭。

都邑《といふ》に遊んで以《もつ》て永久なるも、明略の以て時を佐《たす》くる無し。徒《いたづ》らに川に臨んで以て魚を羨《うらや》み、河《か》の清《す》まんことを俟てども未《ま》だ期あらず。蔡子の慷慨《かうがい》に感じ、唐生《たうせい》に従つて以て疑ひを決せんとするも、諒《まこと》に天道は之《こ》れ微昧。漁父《ぎよほ》を追つて以て嬉《たのしみ》を同じうし、埃塵《あいぢん》を超えて以て遐《とほ》く逝《ゆ》き、世事と長く辞せん。

（都へ来て久しくなるが、時の君主を補佐するほどの才能もなく、むなしく川に臨んで魚を手に入れたいと願うばかりで、黄河の澄むのを待ってもまだその時期にならない。かの蔡沢が己の不遇を唐挙に問うて疑いを晴らしたように私も試みたが、天道は実に深遠ではっきりしない。『楚辞』の漁父の事績を慕い、俗塵をはるかに超越して、世間と絶縁しよう。）

於是仲春令月、時和氣清。原隰鬱茂、百草滋榮。王雎鼓翼、倉庚哀鳴。交頸頡頏、關關嚶嚶。於焉逍遙、聊以娛情。爾乃龍吟方澤、虎嘯山丘。仰飛纖繳、俯釣長流。觸矢而斃、貪餌吞鉤。落雲間之逸禽、懸淵沉之魦鰡。

是《ここ》に仲春の令月、時和し気清む。原隰鬱茂《げんしつうつも》し、百草滋栄《じえい》す。王雎《わうしよ》翼を鼓《こ》し、倉庚《さうかう》哀しく鳴く。頸《くび》を交へて頡頏《けつかう》し、関関《くわん》嚶嚶《あう》たり。焉《ここ》に逍遙し、聊《いささ》か以て情を娯しましむ。爾《しか》して乃《すなは》ち龍のごとく方沢に吟じ、虎のごとく山丘に嘯《うそぶ》く。仰《あふ》いで纖繳《せんしやく》を飛ばし、俯《うつむ》いて長流に釣る。矢に触れて斃《たふ》れ、餌《ゑ》を貪《むさぼ》りて鉤《つりばり》を呑む。雲間の逸禽《いつきん》を落とし、淵沉《ゑんちん》の鯊鰡《さりう》を懸く。

（折しも春たけなわの麗しき月、天気は和やかに澄みわたる。湿原は繁茂し、百草は咲き誇る。ミサゴは羽ばたき、コウライウグイスは悲しげに鳴く。首を交差させて上昇下降し、カンカンオウオウと声を挙げる。この光景のさなかを私は逍遙し、しばらく心を楽しませる。そして龍のように大沢に吟じ、虎のように山丘でうそぶく。仰いでは空に繊繳《いぐるみ》［鳥を捕る道具。矢に網が取り付けてある］を投げ上げ、俯いては長流に釣り糸を垂れる。雲間の飛鳥は矢に触れて落ち、深淵のハゼやボラは餌を貪って針にかかる。）

于時曜靈俄景、係以望舒。極般遊之至樂、雖日夕而忘劬。感老氏之遺誡、將迴駕乎蓬廬。彈五絃之妙指、詠周孔之圖書、揮翰墨以奮藻、陳三皇之軌模。苟縱心於物外、安知榮辱之所如。

時に曜霊《えうれい》は景《かげ》を俄《かたむ》け、係《つ》ぐに望舒《ばうじよ》を以てす。般遊《ばんいう》の至楽を極め、日夕《じつせき》と雖《いへど》も劬《つか》るるを忘る。老氏《らうし》の遺誡に感じ、将《まさ》に駕《が》を蓬廬《ほうろ》に回《めぐ》らさんとす。五絃の妙指を弾じ、周孔の図書《としよ》を詠じ、翰《かん》墨《ぼく》を揮《ふる》ひて以て藻《さう》を奮《ふる》ひ、三皇《さんくわう》の軌模《きぼ》を陳《の》ぶ。苟《いやしく》も心を物外《ぶつぐわい》に縦《ほしいまま》にせば、安《いづく》んぞ栄辱《えいじよく》の如《ゆ》く所を知らんや。

（時に日の光は傾き、代わりに月が昇ってくる。心ゆくまで楽しみ、夕方まで疲れを知らなかった。狩猟は人の心を狂わせるとの老子の遺誡を想起して車をわが家へ返そうとする。五絃の琴で妙《たえ》なる音色を奏で、周公・孔子の書を読み上げ、筆を執って文を綴り、上古三皇［伏羲《ふつき》・神農・黄帝］の法を述べる。心を俗世の外に放ちさえすれば、わが身の栄辱がどうなろうと知ったことではない。）

深い意味合いが読み取れるはずですよ」と読者に注意を呼びかけているのです。

比較文学的研究が始まった昭和三十年代のころから、『万葉集』は日本固有の文化などとは言っていられない、中国六朝時代（三世紀〜六世紀）の詩文の影響をたくさん受けているのだ、ということが認識されるようになり、しかじかの語句の大もとはどの書物のどの箇所かという出典の探索が始まりました。

それが今は、中国や台湾の研究院で、中国古典はことごとく電子化されていて、検索したい言葉を入力しさえすれば、過去何千年間に中国で書かれた書物のどこに出てくるかということがすぐ分かってしまうようになっています。

そこで、自動的に検索できるような作業は機械に任せればよいということになって、もっと高度な問題が問われるようになってきました。引き込まれた先行テキストを参照するとどういう読み方が成り立つか、つまり間テキスト性を探究するところまで研究のレベルが上がってきたのです。

先行テキスト「帰田賦」

そういうことをご理解いただいたうえで、この「梅花歌」序を先行テキストと照らし合わせてみましょう。春が来た、いい季節だ、みんなで一杯やろうというだけでは済まないことが分かってきます。

「時に初春の令月にして、気淑く風和ぐ」という、「令和」の典拠となった文言には、さらなる典拠があります。

おもに二つあるうちの一つは、張衡という人の「帰田賦」です。『文選』に載っています（65〜66ページ資料②）。この『文選』を、万葉時代の役人たちは熱心に読んでいました。たとえば、あちこちの役所の跡などから出土した木簡に、落書きのようにして『文選』の文言を記したのがたくさんあります。現代の私たちも、書類を書く前に万年筆の具合を確かめようと、あいうえお、と試し書きしたりしますよね。万葉時代の役人は、その、あいうえお、のかわりに『文選』の文言を書くことがあって、そういう木簡だの削り屑だのがあちこちから出土しているのです。つまり『文選』は、当時の役人のリテラシーを支える共通の素養の一つだった。

「帰田賦」は中でも有名なものです。「帰田」の「田」は田園です。たとえば地方の大地主の子息で、学問を積んで都の役人になった人が、思うように栄達できなかったというようなときに、田舎へ帰って悠々自適の暮らしを始める。有名な陶淵明の「帰去来の辞」に「帰りなんいざ、田園まさに蕪《あ》れんとす」とありますね。その田園です。田舎で自分を田園が待っている。こんなあくせくした都の宮仕えなんかより田舎でのびのび暮らしたほうがずっといい。この「帰田賦」もそういうことを言っている作品です。

「都邑に遊んで以て永久なるも、明略の以て時を佐《たす》くる無し」。資料に現代語訳を併記してありますから、適宜、見合わせながら理解してください。「徒《いたづ》らに川に臨んで以て魚を羨《うらや》み、河《か》の清まんことを俟《ま》てども未だ期あらず。蔡子の慷慨に感じ、唐生に従つて以て疑ひを決せんとするも、まことに天道はこれ微昧。漁父《ぎよほ》を追つて以てたのしみを同じうし、埃塵《あいぢん》を超えて以てとほく逝き、世事と長く辞せん」。

都の生活にもう飽き飽きしたから田舎へ帰ろうということを書いていますが、はじめのほうに、「河の清まんことを俟てども未だ期あらず」とある。黄河の濁流がいつまで待っても清まない。これは宮廷の腐敗した政治のことです。黄河は黄土を運んでいて、いつも濁っている。透明になることがない。それと同じように、いつまでもあのうす汚い政治家どもが政界を牛耳っているので、ほとほと愛想が尽きたというわけです。だからこんな世間とはおさらばして、田舎で自由な暮らしをしよう——ここから先は、田舎の暮らしに関する叙述となります。

「ここに仲春の令月にして、時和らぎ、気清む。原隰《げんしつ》鬱茂《うつも》し、百草滋栄す。王雎《わうしよ》翼を鼓《こ》し、倉庚《さうかう》哀しく鳴く。頸を交へて頡頏《けつかう》し、関関《くわんくわん》嚶嚶《あうあう》たり。ここに逍遙し、いささか以て情を娯しましむ。しかしてすなはち龍のごとく方沢に吟じ、虎のごとく山丘に嘯《うそぶ》く」。王雎とはミサゴです。海辺にいる猛禽で、最も品位のある鳥と見なされていた。ここは田舎で、周囲に人がいませんから、野原を散策しながら自由に大声をあげて、鬱憤を晴らすようにいろいろな詩を吟じるというわけです。

「仰いで繊繳《せんしやく》を飛ばし」、繊繳というのは鳥を捕る道具です。それを投げ上げて鳥を捕る一方、「俯《うつむ》いて長流に釣る」。狩猟をしたり釣りをしたりして自由に気ままに楽しむ。「矢に触れて斃《たふ》れ、餌《ゑ》を貪りて鉤《つりばり》を呑む。雲間の逸禽を落とし、淵沈《ゑんちん》の鯊鰡《さりう》を懸く」。獲物が大量にとれる、楽しいと。

第三段にまいります。「時に曜霊《えうえい》は景《かげ》をかたむけ、つぐに望舒《ばうじよ》を以てす」。夕日が傾いて、引き続き月が昇ってきた。「般遊《ばんいう》の至楽を極め、日夕《じつせき》といへども劬《つか》るるを忘る」。夕方になるまで無心に楽しんだけどちっとも疲れを覚えない。「老氏の遺誡に感じ」、老子が狩猟は人の心を狂わせるということを言っている、なるほど、狩猟にばかりふけっているとろくな人間にならないからそろそろ引き上げよう。「まさに駕を蓬廬《ほうろ》に回《めぐら》さんとす」。

家に帰ってもいろいろな楽しみが待っています。「五絃の妙指を弾じ、周孔の図書を詠じ、翰墨を揮《ふる》ひて以て藻を奮ひ、三皇の軌模を陳《の》ぶ」。まさに悠々自適の境地。で、おしまいは「苟《いやしく》も心を物外に縦《ほしいまま》にせば、いづくんぞ栄辱《えいじよく》のゆくところを知らんや」。自由な暮らしが一番だ、宮仕えなんか真っ平。出世なんかどうでもいいんだと結んでいるわけですね。

俗塵に背を向けるという、いわゆる老荘思想です。

飲酒も、老荘の脱俗思想と縁の深いモチーフです。宮仕えにあくせくする人は暇がないからろくに酒も飲めないが、田園に帰れば存分に飲める。陶淵明にも「飲酒」という詩がありますね。

こういう思想を大伴旅人はよく知っていました。旅人自身の思想でもあったと言っていいでしょう。旅人には「酒を讃むる歌十三首」というのがあります（巻三・三三八〜三五〇）。酒はすばらしいということをいろいろな角度から歌っている。「言はむすべせむすべ知らず極まりて貴《たふと》きものは酒にしあるらし」（三四二）。絶讃ですね。また、「古《いにしへ》の七《なな》の賢《さか》しき人たちも欲《ほ》りせしものは酒にしあるらし」（三四〇）。竹林の七賢、まさに老荘の賢者。彼らも酒を好んだというではないか、私もあやかろう。

ですから、旅人の「梅花歌」序も、単に、春が来ていい季節だからみんなで一杯やりましょうというだけではない、世俗に背を向けようということがまずある。「帰田賦」に照らせば、腐敗した政界に愛想が尽きたということも読み取れるわけです。

もう一つの先行テキスト「蘭亭集序」

もう一つ、これも古くから指摘されている典拠として、王羲之の「蘭亭集序」があります。「蘭亭序」ともいいます。資料③（75〜78ページ）に四つの段落に分けて挙げました。

「蘭亭集序」は、書道の手本としてあまりに有名ですが、なんと言いましょうか、どうも書家と名のつく人たちは、文字の格好ばかりを問題にして、文章の内容をろくに気にかけないようです。六年前に上野の国立博物館で王羲之の大きな展覧会がありましたが、その図録では、白文の翻刻も現代語訳もごくわずかな紙幅しか与えられておらず、しかも別々の、かけ離れたページに載っています。そして内容に関する解説は何もない。もったいないと思うんですね。「蘭亭集序」は、文芸作品としても非常に味わい深いものですから。

その「蘭亭集序」。最初の二つの段落には、旅人の「梅花歌」序と同じように、いい季節だから気の合う者どうし楽しい時を過ごそうと書いてあります。いわゆる曲水《ごくすい》の宴、盃が目の前にめぐってくるまでに漢詩を一つ作る催しですね、そういう宴を開いて楽しもうというのです。

「永和九年、歳《とし》癸丑《きちう》にあり。暮春の初め、会稽山陰の蘭亭に会するは、禊事を修むるなり」。古く中国には、三月の「上巳《じようし》の日」に水辺で身を清めるならわしがありました。「上巳」というのは、十二支の巳《み》の日が一ヶ月に二回もしくは三回めぐってくる、その最初の巳の日をいいます。「群賢ことごとく至り、少長みな集《つど》ふ。此の地に崇山峻嶺《すうざんしゆんれい》、茂林修竹あり」。山が険しく、林や竹藪が茂っているというわけですね。「また清流激湍《げきたん》ありて左右に映帯す。引きて以て流觴《りうしやう》の曲水と為し、其の次《ついで》に列坐す」。すぐそばに清いせせらぎがある、それを庭に引いて遣り水を作って、その遣り水に觴《さかづき》を浮かべて、いわゆる「曲水の宴」を催す。

今も由緒のある神社仏閣などで曲水の宴をやっているところがありますね。開催日はまちまちのようですが、昔は三月の上巳の日に行なった。

③王羲之「蘭亭集序」

〔「蘭亭序」「蘭亭叙」とも〕

永和九年、歳在癸丑、暮春之初、會于會稽山陰之蘭亭、修禊事也。群賢畢至、少長咸集。此地有崇山峻嶺、茂林修竹。又有清流激湍、映帶左右。引以爲流觴曲水、列坐其次。雖無絲竹管絃之盛、一觴一詠、亦足以暢敍幽情。

永和九年、歳癸丑《きちう》に在り、暮春の初め、会稽山陰の蘭亭に会するは、禊事《けいじ》を修むるなり。群賢畢《ことごと》く至り、少長咸《み》な集《つど》ふ。此の地に崇山峻嶺《すうざんしゆんれい》、茂林修竹有り。又た清流激湍《げきたん》有りて、左右に映帯す。引きて以て流觴《りうしやう》の曲水《ごくすい》と為《な》し、其の次《ついで》に列坐す。絲竹管絃《しちくくわんげん》の盛んなる無しと雖《いへど》も、一觴一詠、亦た以て幽情《いうじやう》を暢敍《ちやうじよ》するに足る。

（永和九年 癸丑《みずのとうし》の歳〔三五三〕三月の初め、会稽郡山陰県蘭亭で会合を持つ。修禊〔上巳の日に行なう禊ぎ祓い〕の行事である。賢者がことごとく参集し、青年も老人もみな集うた。この地には高く険しい山岳があり、繁茂した林、伸びた竹林もある。また、清い流れ、早い瀬もあって、左右に照り映えている。その水を引いて、觴《さかづき》を流すために遣り水をこしらえた。人々はその傍らに順次列座する。琴や笛の盛んな演奏こそないものの、觴がめぐってくる間に詩を詠ずるこの催しは、心中のかそけき思いを表現するには十分だ。）

是日也、**天朗氣清**、**惠風和暢**。仰觀宇宙之大、俯察品類之盛。所以游目騁懷、足以極視聽之娛。信可樂也。

是の日や、天朗《ほが》らかに気清く、恵風《けいふう》和《やは》らぎ暢《の》ぶ。仰《あふ》ぎて宇宙の大いなるを観《み》、俯《うつむ》きて品類の盛んなるを察す。目を遊《あそ》ばせ懐《おも》ひを騁《は》する所以《ゆゑん》にして、以て視聴の娯《たの》しみを極むるに足る。信《まこと》に楽しむべし。

(今日この日、天気はうららかに澄みわたり、春風はおだやかにそよ吹いている。仰いで宇宙の大いなるありさまを見渡し、目を伏せて万物の盛んな様子に接する。あちこちに目を遊ばせ思いを馳せるゆえんであり、かくて視覚聴覚の娯しみを極める。実に楽しいではないか。)

夫人之相與俯仰一世、或取諸懷抱、**悟言一室之**内、或因寄所託、放浪形骸之外。雖趣舎萬殊、静躁不同、當其欣於所遇、暫得於己、**快然自足**、不知老之將至。及其所之既倦、情隨事遷、感慨係之矣。向之所欣、俛仰之間、已爲二陳跡、猶不能不以之興懐。況修短隨化、終期二於盡。

夫《そ》れ人の相与《とも》に一世に俯仰する、或いは諸《これ》を懐抱に取りて、言を一室の内に悟り、或いは託する所に寄るに因りて、形骸の外《ほか》に放浪す。趣舎万殊《ばんしゆ》にして、静躁《せいさう》同じからずと雖も、其の遇《あ》ふ所に欣《よろこ》び、暫《しばら》く己れに得《う》るに当りては、快然として自《みづか》ら足り、老《おい》の将に至らんとするを知らず。其の之《ゆ》く所既に倦《う》むに及べば、情は事に随《したが》ひて遷《うつ》り、感慨之《これ》に係《つづ》く。向《さき》の欣ぶ所、俛仰《ふぎやう》の間にして、已に陳《ふる》き跡と為《な》るも、猶《な》ほ之を以て懐《おも》ひを興《おこ》さざる能《あた》はず。況《いは》んや修短化《くわ》に随ひ、終《つひ》には尽《じん》に期するをや。

(そもそも多くの人がともに一つの世界で活動するについては、同じ部屋にいて心中を吐露しそのことばを理解しあう場合もあるし、心の赴くままに肉体を超越した境地をさまよう場合もある。どれを取りどれを捨てるかはさまざまで、穏やかなときと活発なときでは違いがあるけれども、巡り会った境遇を喜んで受け入れ、当面の望みがかなったと思えるときには、愉快な思いに満ち足りて、老いが迫ってくるような気がしない。とはいえこの境地にも飽きてしまえば、感情は周囲の事情に応じて移ろい、折々の感慨もこれにともなって消えていく。かつて楽しかった物事もたちまち過去の遺物となってしまうが、それだからこそいとおしいのだとの思いをも禁じえない。まして、長寿も短命も造化のはからいのまま、ついには滅亡に帰するのがわれらの宿命なのだから、なおさら感無量ではないか。）

古人云、死生亦大矣。豈不痛哉。毎覧昔人興感之由、若合一契、未嘗不臨文嗟悼、不能喩之於懐。固知、一死生爲虚誕、齊彭殤爲妄作。後之視今、亦猶今之視昔。悲夫。故列敍時人、錄其所述。**雖世殊事異、所以興懐、其致一也**。後之覧者、亦將有感於斯文。

古人云へらく、死生亦大なるかなと。豈《あに》痛ましからざらんや。昔人《せきじん》の興感の由を覧る毎《ごと》に、一契《いっけい》を合するが若《ごと》くして、未《いま》だ嘗《かつ》て文に臨んで嗟悼せずんばあらざるに、之を懐ひに喩《たと》ふる能はず。固《もと》より知る、死生を一《いつ》とするは虚誕為《た》り、彭殤《はうしやう》を斉《ひと》しとするは妄作為り。後の今を視るも、亦猶《な》ほ今の昔を視るがごとし。悲しいかな。故に時人を列叙し、其の述ぶる所を録《しる》す。世殊なり事異なりと雖も、懐ひを興す所以は、其れ一に致《いた》る。後の覧者《らんじや》、亦将に斯《こ》の文に感ずる有らんとす。

（古人も「死生は重大事だ」と言っている。なんと痛切なことばだろうか。彼らが折々の感興を綴ったものを読むたびに、まるで割り符を合わせたかのように私の思いと合致し、古人の文を前に悼み嘆かずにはいられないし、感銘の深さはたとえようもない。言うまでもなく、死生を同一視するのは虚妄であり、健康も病身も変わりがないなどというのも大間違いだ。後世の人々が今のわれらを見るのも、ちょうど今のわれらが昔の人々を見るのと同じだろう。悲しいではないか。そこで、ここに集うた同時代の人々の名を列記し、それぞれが述べたところを記録する。時代は移り、事情は異なっても、人が心に抱く感慨はつまるところ一点に帰着する。後世の人たちもまたこれらの文を読んで共感してくれることだろう。）

「絲竹管絃の盛んなる無しといへども、一觴《いつしやう》一詠《いちえい》、また以て幽情を暢叙《ちやうじよ》するに足る」。觴がめぐってくるまでに各自一首の詩を作るというこの催しは、心中のかそけき思いを表現するには十分だ。

「この日や、天朗らかに気清く、恵風和《やは》らぎ暢《の》ぶ。仰ぎて宇宙の大いなるを観《み》、俯《うつむ》きて品類の盛んなるを察す。目を游《あそ》ばせ懐《おも》ひを騁《は》するゆゑんにして、以て視聴の娯《たの》しみを極むるに足る。まことに楽しむべし」というわけです。いい日和だ、これからみんなで風流な催しを開くのだと。

ここまでは旅人の「梅花歌」序と同じようなことを言っているのですが、後半では、「そもそも人間がこの世に生きていくには」という、深い洞察に入っていきます。

「それ人の相与《あひとも》に一世に俯仰する、あるいはこれを懐抱に取りて、言を一室の内に悟り、あるいは託する所に寄るに因りて、形骸のほかに放浪す」。人間は一人で生きていくことはできない、いろいろな人と交際しながら生きる。そのとき、心を通わせる人と同じ部屋で顔をつき合わせ、言葉を交わして、お互いに深く理解し合うこともあるし、世の中に背を向けて、形のある世界から魂が抜け出して、荘子の胡蝶の夢みたいに不思議な境涯をさまようこともある。

「趣舎萬殊《ばんしゅ》にして、静躁同じからずといへども、その遇《あ》ふ所に欣び、しばらく己れに得《う》るに当りては、快然として自ら足り、老のまさに至らんとするを知らず」。いろんな境涯が人生には待ち受けているけれども、そのときどきの境遇を素直に受け入れて、当面の望みがかなったと思えれば、心は喜びに満ち溢れ、老いが忍び寄るのも忘れる。——「快然自足」という語句は旅人の文章にもそっくり引き込まれていました。具体的には、飲酒など、時々の歓楽に身を任せてうっとりと時を過ごす境地をいうのでしょう。

けれども、「その之《ゆ》く所すでに倦《う》むに及べば、情は事に随《したが》ひて遷り、感慨これに係《つづ》く」。どんな歓楽も永久に続くことはない。酒だっていつまでも飲み続けるわけにはいかない。いつか終わりが来る。そしてだんだん飽きてきたりなどもするわけですね。つまり、歓楽はひとときのはかないもの。

「向《さき》の欣《よろこ》ぶ所、俛仰《ふぎやう》の間にして、已《すで》に陳《ふる》き跡となるも、なほこれを以て懐《おも》ひを興《おこ》さざる能はず」。その時その時の歓楽は次々に古びていってしまう。前は面白かったこともつまらなくなっていくけれども、だからこそ、ひとときが面白いということ自体はかけがえがない、そこが人生の味だと思えてしかたないのだと、こう言うんですね。

「いはんや修短化《くわ》に随ひ、つひには尽《じん》に期するをや」。「修」は「長い」の意。寿命のことを言っています。長生きも早死にも「化」、つまり世界を造った超越的存在のはからいのもとにあって、当人の思いどおりにはならない。まして、どのみちみな死んでしまうのではないか。

「古人いへらく、死生また大なるかなと。あに痛ましからざらんや」。昔の人が生き死には重大な問題だという言葉を残しているけれども、まったくそのとおりで、除外例のない痛ましい宿命がわれらを待っているではないか。

「昔人の興感の由を覧るごとに、一契を合するがごとくして、いまだかつて文に臨んで嗟悼せずんばあらざるに、これを懐《おも》ひに喩《たと》ふる能はず」。昔の人たちが人生の折り目折り目の感慨を文章に綴ったものを読むと、ああ、彼らも切ない思いで生きていたんだな、一見、楽しいことを述べているようだが、その楽しさの裏に切なさが貼り付いている。ひとときの楽しみはまさにかけがえがない。切ないのと楽しいのとが裏表になっている、そういう人生を昔の人も経験していた。昔の人の書き残したものを読むと、まるで割り符を合わせたかのように、今の私の気持ちを代弁してくれている気がして、本当にたとえようもない共感を覚えるというのです。

「もとより知る、死生を一とするは虚誕たり。彭殤《はうしやう》を斉《ひと》しとするは妄作たり。後の今を視るも、亦なほ今の昔を視るがごとし。悲しいかな」。そういう切ない人生を生きた昔の人を今のわれらが見るように、後世の人も今のわれらを見ることになるのだろう。人間とはなんと悲しい存在だろうか。

「故に時人を列叙し、その述ぶるところを録《しる》す。世殊なり事異なりといへども、懐ひを興すゆゑんは、それ一に致《いた》る。後の覧者、またまさにこの文に感ずる有らんとす」。これが結びです。今日この蘭亭に集まった賢者たちの書いたものを詩集にまとめる。ここまではその詩集の序文なのだ。今のわれらが、時代や境遇の違いを超えて昔の人の文章に共感を覚えるように、この詩集を読む後世の人も私たちの心境に共鳴してくれるのではないだろうか。

時空を超えた共感

これはすばらしい文章だと思います。人間と人間は、お互い直接知らなくても、文芸の力によって時代を超えて共感しあえる、なぜならみんな切ない人生を生きているんだから。人生の節目節目にいろんなことを感じるにしても、その感じ方というものは、煎じ詰めれば、切ないというところに行き着くんだと。だから分かり合えるんだということですね。

大伴旅人もこれを読んで、昔の人はいいことを書いてるなあと感動し、王羲之を古人として慕ったのでしょう。だから自分の文章に引き込んで、「快然自足」というような言葉をキーワードにして、引き込んだことを読者にも気づかせようとしたわけです。

それからもう一つ、旅人の「梅花歌」序の「古《いにしへ》と今と、それ、何か異ならむ」（資料①・5行目）と、「蘭亭集序」の「世殊なり事異なりといへども、懐ひを興すゆゑんは、それ一に致る」（資料③・最後の太字部）。文言は違っていますが、内容は響き合っています。昔の人と今の人と、心に抱く思いに違いはない。生きる時代、置かれた環境は違うかもしれないが、人間の考えは結局一つに帰するんだという、そういう思想を旅人は「何か異ならむ」と表明したと受け取ってよいと思うのです。

「蘭亭集序」に深く共感して文章を綴ったのですから、旅人は、自分が王羲之の文に感動したように、後世の人も自分の書いたものに感動してくれればいい、そう願ったのではないでしょうか。その、旅人にとっての「後世の人」とは誰か――今の時代を生きる私たちにとって、それは私たち自身でなくてはなりません。

＊

「令和」という年号を発表したとき、安倍晋三首相は、「国書である『万葉集』から採った」と説明しました。

私は、「短歌研究」五月号でも、その他のいろんなところでも言いましたが、「国書」という言葉に関する安倍首相の認識はアナクロもいいところだと思うのです。

「国書」とは、元来、外交文書のことです。こっちの国の王様が向こうの国の王様と取り交わす、国家を代表しての正式の文書というのが明治時代までの使い方です。それどころか、今でも本来の使い方は生きていて、たまたま今年の一月に東京大学出版会から『国書がむすぶ外交』という書物が刊行されています。外交史の本です。「国書」という言葉を〈わが国の書物〉の意味で使うようになったのは、明治十年代のことであり、まだ帝国大学になる前の東京大学が使い始めたのでした。もう七年前に私どもの調べがついていて、一度ブックレットにしたのがちょうど捌《は》けたところだったので、この機会に増補し、題名も『「国書」の起源』と改めて刊行する予定です（新曜社、九月刊）。

本来の意味の国書ではなかったけれど、「蘭亭集序」も外国から届いたメッセージでした。中国で書かれたものが海を越えて日本という島国にもたらされ、旅人たちに共感を与えた。時代を超えるだけでなく、国境をも越える共感。時空を超える共感が成立したのですから、それを追体験する「私たち」の範囲には、日本人だけではなく、世界中の人々が入ると私は思います。

私の友人に、ロサンゼルスのＵＣＬＡで『万葉集』を教えている人がいます。イギリスで生まれてスペインで育ち、ロンドン大学を出て、北海道大学とニューヨークのコロンビア大学の大学院で学び、いまはＵＣＬＡに在職している。『万葉集』の分厚い研究書も出しています。その人に育てられたＵＣＬＡの大学院生が、いま、日本に留学して私の授業を受けています。つまり、国境を越えて『万葉集』を読むことを実践している。私の大学院の授業にはほかにスイスの人も、フランスの人も出ていますし、学部の授業はそれこそ多国籍。中国、韓国、台湾、マレーシア、ベトナムの人たちや、「国籍は日本だけど英語がマザータングです」なんていう人もたくさんいる。『万葉集』を日本人だけに囲い込もうとしても、時代の状況がそれを許しません。

大伴旅人にしても、自分の書いたものが「国書」扱いされるなどとはさらさら考えていなかった。旅人の息子で『万葉集』を完成させた家持にしても同じことです。彼らはインドまでの世界しか知らなかったけれど、東アジアという、当時知りえた限りの世界から知識を吸収して歌を作り、文章を綴ったのでした。

旅人はなぜ都を見たくなかったのか

さて、旅人が「蘭亭集序」を読んでいたということは序文からも分かりますが、それだけではありません。人は誰しも老いを避けられず、いずれは死ぬ運命にあるということを、先ほど、旅人がそらっとぼけてつけ足したと言った「員外故郷を思ふ歌両首」（八四七・八四八）に引き込んでいます。

一首めは「わが盛りいたくくたちぬ雲に飛ぶ薬食《は》むともまたをちめやも」。わが人生の盛りは遠く去ってしまった。雲に飛ぶ仙薬を口にしたって二度と若返ることはない。早晩この世を去るまでだ、と。

『万葉集』には、「変若」と書いて「をつ」と読ませたのがある。年をとった人が若返ることを「をつ」と言ったのです。「めやも」は、反語ですから、「またをちめやも」は、また若返るであろうか、二度と若返ることはないのだということ。

二首めは、「雲に飛ぶ薬食むよは都見ば賤しき我《あ》が身またをちぬべし」。仙人になる薬を服用するよりは、都を見ればこの老いぼれもまた若返るに相違ないというのですが、都を見たって若返るはずがないことは分かりきっていますね。ですからこれは逆説です。「都見ば」という仮定自体がアイロニーなのだと私は解釈します。

ここまで述べてきた、「帰田賦」が引き込まれているとか、「蘭亭集序」が踏まえられているとかいう読み方については、実は先行研究があります。ただ、お名前を出すとご本人に迷惑がかかるかもしれないからあえて伏せておきます。ここから先はだいたい私のオリジナルになってまいります。

都を見たって若返りっこないのに、わざわざこんな回りくどい言い方をしてみせた。なぜだろうか。それは、都など見たくない、本当に見たい都は今の平城京ではなく、別の都なのだと言っているのではないでしょうか。

平城京が見たくないのはなぜか。一つ考えられるのは、待っている人がいないからということでしょう。

大伴旅人は、神亀四年の末か五年の初めごろ、大宰府の長官として赴任しました。そのとき正妻の大伴郎女が一緒についてきた。おまえは都にいろと言うのに、どうしてもついて行くと言って聞かない。「泣く子なす慕ひ来まして」——巻五の初めのほうの歌に状況がそう表現されています(七九四)。

万葉の「慕ふ」は現代の「慕う」とは意味が違います。現代語では「人々に慕われる」とか「ひそかに慕う異性がいた」とかいう使い方ができますが、万葉語の「慕ふ」はそうは使わない。あとをついて回ることをいうんです。女子高生が芸能人の追っかけをするみたいに、好きな人を追い回すのが「慕ふ」。「泣く子なす慕ひ来まして」というのは、やっと歩けるようになったちっちゃい子が泣きながらお母さんの後追いをするように、という形容で、夫をいかに深く愛していたか如実に伝わってくる表現といえるでしょう。

旅人は着任したとき六十代半ばでしたから、当時ではもう老人です。奥さんも同じような年格好だったんでしょう。長旅が体に障ったとみえて、着任後まもなく亡くなってしまった。

旅人は妻を失った悲しみを繰り返し歌にしました。大宰府からの帰任が決まったころには、「都なる荒れたる家にひとり寝《ね》ば旅にまさりて苦しかるべし」（巻三・四四〇）と歌っています。誰も待つ人のいない都の、荒れ放題になった家にひとり寝をするのは、旅先の九州での暮らしより苦しくつらいことだろう、というのです。

都へ帰ったのは天平二年の暮れでした。帰宅してすぐ詠んだ歌にも「人もなき空しき家は草枕旅にまさりて苦しかりけり」（四五一）というのがあります。つらいだろうなと予想はしていたが、いまそれが実感としてわが身に迫ってくる。妻のいないがらんどうの家、それは旅先よりよほどつらい場所であった。

こういう歌を残したくらいですから、旅人が妻のいない都へなんか帰りたくないと思っていたというのは、心情としては十分ありえますし、実際そういう気持ちだったろうとも思います。

しかし、テキストを読む、書物としての『万葉集』を読むというのは、作者の心情を推測したり忖度したりすることではありません。実際に天平年間に生きていた旅人という人が、このときこういう気持ちだったろうということと、テキスト上にこう表現されているということ、この二つは別々のことがらです。

＊

私はよくたとえ話をするんですけれども、斎藤茂吉に「死にたまふ母」という一連があります。母を失った痛恨を歌い上げた絶唱としてあまりに有名ですね。

以前、『斎藤茂吉 異形の短歌』（新潮選書）で、五九首を全部読む、それもテキストとして読み通すという作業をしました。

四聯からなるうちの第二聯で、実家に帰った主人公は、母が寝ている部屋にたった一人で看病しているようになっていて、ほかの人は誰もいないように描かれていますが、もちろん現実にはそんなことはありえない。家族がいるんですからね。お兄さんは二人いたし、弟も妹も一人ずついた。お父さんもまだ健在でした。ですから、お母さんのほかは茂吉しかいないみたいになっているのは事実ではない。事実ではないけど、ほんとはほかにも人がいたんでしょうというのは、テキストを読む態度ではありません。ほかの人は描かれていないのですから、母とたった二人でいる、そういう場面として読まなくてはいけない。

もっと極端な例を出しましょう。山上次郎という研究家が茂吉の伝記を書いたとき、『斎藤茂吉全集』に載っている書簡集のうち、危篤の母を看取りに行った茂吉が東京の友人に書き送った葉書を分析して、これは女郎屋から出したものだということを突き止めました。生き身の茂吉は母に付きっきりだったわけではなく、実は看病の合間に弟と二人で抜け出して山形市内の女郎屋に上がった。確かな証拠によってそう証明されているのです。しかしだからといって、「死にたまふ母」を読むときに、「ほんとは途中で女郎買いに行ったんだよね」なんて言いっこなしですよね。名作がぶちこわしです。生き身の作者と、テキスト上で口をきいている人物とは、次元の違う存在なのです。テキストを読む営みは後者を相手取ってなされなくてはなりません。

＊

そういうことで、奥さんがいないから帰りたくないというのは作者旅人の心情としてありそうなことだけれども、だったら、妻のいない都へなど今さら帰りたくないとなぜ言わないのでしょうか。「沫雪のほどろほどろに降り敷けば奈良の都し思ほゆるかも」（巻八・一六三九）という歌もあるように、生き身の旅人の心境には振幅があって、都が恋しいと思うときだってあったんですね。「都を見れば若返るに相違ない」という屈折した言い回しは、妻がいないからというのでは読み解けないと思います。

それから、亡妻というモチーフ自体、老荘の脱俗思想とは結びつきにくいようにも思います。妻を失った直後に都の親族の訃報に接したとき、旅人は有名な歌を詠んでいますね。「世間《よのなか》は空しきものと知る時しいよよますます悲しかりけり」（巻五・七九三）。「世間は空しきもの」というのは仏教の無常観であって、脱俗思想とは別です。

では、改めて、都など見たくない理由は何か――「帰田賦」にもあったような、政界の腐敗に対する嫌悪だろうと思うのです。

都は腐りきっている。かつてはこうではなかった。天皇を中心とするまつりごとが規律正しく行なわれていた。天武大帝の治世から始まって、持統・文武朝まではそういう時代だったし、二代の女帝による中継ぎを経て、聖武天皇の治世を迎えたときも自分たちは大いに期待していた……。

即位直後の聖武天皇が吉野へ行幸したとき、旅人は王権讃美の歌を作っています。吉野というのは天武皇統の聖地です。壬申の乱の前夜、そのころ大海人皇子《おおあまのみこ》と呼ばれていた天武天皇が、潜伏していた吉野から立ち上がり、内乱を制して即位した。その天武天皇の時代に離宮が整備され、持統天皇は、神聖皇統発祥の地である吉野に、在位中三十回も行幸しました。

機会あるごとに回顧されていた聖地吉野ですが、元明・元正の二代女帝の期間には、ほとんど行幸がありませんでした。神亀元年の二月に聖武天皇が即位し、翌三月、皇祖皇宗の御霊《みたま》に報告するために吉野へ行きました。そのとき、旅人は勅命に応じて長歌・反歌を作ったのですが、どういうわけか奏上の機会がなかった（巻三・三一五〜三一六）。

久々の男性天皇である聖武天皇――天武天皇からすると嫡系の曾孫にあたる天皇の時代がいよいよ幕を開けたということに、旅人らは並々ならぬ期待を寄せたものと考えられます。大伴氏は古来武門の一族であり、天皇の右腕となっていろいろな戦を戦い抜いてきました。天皇と一蓮托生という意識は、旅人の祖父や父の世代が壬申の乱で数々の勲功を挙げてからはますます強まって、一族のアイデンティティーとなっていました。

そういう大伴氏から見て、聖武天皇の治世は神亀五年まではよかった。しかし神亀六年改め天平元年から、無残な凋落が始まった。悪夢のような時代が幕を開けたと言ってもいいでしょう。旅人もそう思っていたでしょうが、それだけではなく、『万葉集』のあちらこちらに書き込まれているのです。書き込んだ人は旅人ではないでしょうが、『万葉集』は大伴氏側の歴史観で編まれていますから、藤原の連中が王権を蹂躙し、聖武天皇を傀儡にして、いいように操り始めたというメッセージが、優雅な歌の並ぶ巻々のあちこちに実は仕掛けられている。私は三年ぐらい前にそのことに気づきまして、いろいろ探究してきて、近いうちにまとめようと思っています。

「長屋王事件」という謀略

都はどういうことになっていたか。旅人が梅花歌の宴を開いたのが天平二年。その前の年、天平元年の二月には、時の左大臣、長屋王が、聖武天皇の皇太子を呪い殺した廉《かど》で捕らえられ、自害させられるという、なんともショッキングな事件が持ち上がったのでした。

経緯を概観しておきましょう。

神亀元年の二月に聖武天皇が即位し、神亀四年の九月に皇子「基王《もといおう》」が誕生した。基王という名前は平安時代の『本朝皇胤紹運録《ほんちょうこういんじょううんろく》』という史料に出てきますが、奈良時代は天皇の子は自動的に親王、女性なら内親王となりましたから、聖武天皇の子なら「基親王」でないとおかしい。平安時代になると、親王が増えすぎたので、親王の宣旨というものをもらわないと親王にならないようにした。『源氏物語』の主人公、光源氏もそういう設定になっていますね。なまじ親王にすると、皇太子を産んだ弘徽殿の女御が脅威を感じて内紛の種になるかもしれぬとの深慮遠謀から、桐壺帝は光源氏を親王にしないまま臣籍に降下させたわけです。

奈良時代は生まれた瞬間に「親王」なのですから、「基王」という名前は変。で、皇子の名前を知らない平安時代の人が、赤ん坊のうちに死んだんだから親王にはならなかったろうと、なまじっかな憶測を交えて「某王」と記したのが、さらに誤写されて「基王」になっちゃったんじゃないかと言われています。

その、たった二歳で亡くなる皇太子は、閏《うるう》九月に生まれて十一月に早くも皇太子になりました。皇太子ということは、もし天皇が死ねば自動的に天皇になるわけです。生後三ヶ月での立太子。前代未聞です。

なぜこんな異例の措置がとられたかといえば、藤原安宿媛《ふじわらのあすかべひめ》が産んだからです。この人は後に光明皇后となりますが、この時点ではまだ皇后ではなく、藤原夫人《ぶにん》と呼ばれていました。

天皇の奥方には三つランクがあって、まず「妃」、次が「夫人」、その下が「嬪《ひん》」。妃は四品《しほん》以上、夫人は三位以上、嬪は五位以上の位階が必要とされましたから、いずれも高い身分の人です。なかでも四品というのは皇族の、それも親王・内親王に与えられる位階。つまり天皇の娘でないと妃にはなれないわけで、皇后つまり天皇の正妻はこの妃のなかから選ばれる定めでした。

聖武天皇のとき、この妃は空席でした。女帝が二代続いたから、内親王はみんなおばあさんになっていて、聖武天皇の妻になれる年格好の人はいなかった。ただ、二世の女王ならいたんです。志貴親王の子に海上女王《うなかみのおおきみ》という人がいて、皇太子時代の聖武天皇と、相思相愛らしい歌のやりとりをしています（巻四・五三〇・五三一）。たとえばこの人が入内《じゅだい》すれば、格別のはからいで内親王に準ずる扱いとして妃にします、ということができなくはなかったと思う。それが実現しなかったのは、夫人を送り込んでいた藤原一族が裏から手を回して妨害したのかもしれません。事実はともかく、テキストとしての『万葉集』巻四は、海上女王との贈答を掲げることでその可能性を強く暗示しているように思えます。

さて、安宿媛の産んだ子は、藤原氏のごり押しで強引に皇太子にされてしまった。聖武天皇自身、お母さんは藤原不比等の長女、宮子でしたから、母方の親族の言い分に流されてしまうところがあったのでしょう。藤原氏はこの皇太子を足がかりにしてこれから外戚となって力を振るおうと考えていたわけです。

生まれて三ヶ月めの十一月二日、太政官と八省が祝いの言葉を上表し、同じ日に立太子が宣言されます。この皇太子は十四日には安宿媛の実家である故不比等太政大臣邸にいて、大納言多治比池守《たじひのいけもり》以下の百官が拝礼に駆けつけるのですが、そのなかに重要人物が一名欠けていました。左大臣長屋王です。お父さんは高市皇子、壬申の乱で大活躍した人で、そのお父さんが天武天皇。聖武天皇は嫡系とはいえ天武天皇の曾孫だったのに対し、長屋王は孫で、世代が一つ上。藤原不比等が世を去ってからは、皇親勢力の雄として宮廷に重きをなしていました。左大臣ですから臣下として最上位ですね。この地位に物を言わせて、生後三ヶ月の立太子などとんでもない、と藤原氏の画策に強硬に反対していたのでしょう。そういう綱引きが展開していたなかで、当の皇太子があっけなく早死にしてしまう。それが神亀五年の九月。

実はこの前後に、藤原氏出身ではないもう一人の夫人、県犬養広刀自《あがたのいぬかいのひろとじ》という人が、第二皇子の安積《あさか》親王を産んでいました。藤原氏側からするとこの安積親王にゆくゆく天皇になられては困るわけですね。

そこで藤原氏が考えたのは、安宿媛を皇后にして、もう一人男子を産ませようということでした。安積親王から見れば弟ということになるが、皇后腹という理由で上位にランクされるはずだと踏んだわけです。しかし、臣下出身の皇后など、過去三百年間、前例がない。だからまた長屋王が反対するであろう。ならばいっそのこと、あの厄介者を抹殺してしまえ――そう考えた。

見てきたように言っていますが、長屋王事件が冤罪だったことは天平十年に判明しています。画策した藤原氏の四兄弟――武智麻呂《むちまろ》、房前《ふささき》、宇合《うまかい》、麻呂――は前年の天平九年に四人とも天然痘で落命していました。黒幕がみな死んで重石が取れたら、たちまち真相が発覚した。この四人が共謀して手を回し、「長屋王がよこしまな道を学んでクーデターを計画している。今の天皇を亡き者にして自分が取って代わろうと企て、その第一歩として皇太子を呪い殺した」という嘘の密告を仕組んだのです。

長屋王自身、中国の呪術や神秘思想などに凝っていましたから、それが口実を与えたんでしょうね。いろいろなまじないの術を身につけているから、その術で皇太子を呪い殺したに相違ないと決めつけられて、ろくすっぽ取り調べもなされないまま自害させられてしまった。同じ日に、正妻の吉備内親王と、嫡男の膳夫《かしわでの》王《おおきみ》ら男子四名が、自分で首をくくって死んでいます。膳夫王以外の三名はみな無位ですから、たぶん未成年だったのでしょう。それが神亀六年二月。後に改元して、元日に遡って天平元年となった年のことです。

長屋王事件が片づいて邪魔者はいなくなったというので、夫人藤原安宿媛が立后するのが天平元年の八月のこと。かくて藤原一族は全権力の掌握にまんまと成功したのでした。

房前に琴を贈る

さて、『万葉集』のなかには、読者に長屋王事件を想起させる仕掛けがあちこちに認められます。以下、この点を見ていくことにしましょう。

まずは梅花歌群の載る巻五。この巻は歌が作歌年月日順に並んでおり、天平二年正月より少し前の天平元年十月七日と十一月八日に、旅人と藤原房前のあいだで取り交わされた書簡と、書簡に添えた歌が載っています。

まず旅人のほうが下手に出て、丁重に「対馬の珍しい桐の木で作った琴でございます」と、こう切り出します。

「その琴の精が、乙女の姿で私の夢に現れてこう言うのです。『私は遠い島の高い山に育って、大樹になっても木樵に目を付けられるでもなく、いずれは空しく朽ちていくのかと悲観しておりましたが、たまたま腕のいい職人の手で小さな琴に作ってもらえました。どうかこの私の奏でる音色を、君子に聞いていただきたいもの』。そして歌を詠みました。『いかにあらむ日の時にかも音《こゑ》知らむ人の膝の上《へ》我が枕かむ』（八一〇）、音色を聞き分ける風流な方の膝を枕にしたいと、こう申しますから、私も歌で答えました。『言問《こと と》はぬ木にはありともうるはしき君が手馴《たな》れの琴にしあるべし』（八一一）、言葉を話せない木でもすばらしいお方の愛用の琴にきっとなれるよ、と。で、乙女が礼を言ったところで目が覚めますと、もう気が急《せ》いてなりません。夢の歌で言い及んだ『うるはしき君』に早くお届けせねばと、さっそく公用の使者に託して進呈する次第です。」

要するに琴をプレゼントしたのです。そのときたいそう趣向を凝らした送り状を添えた。

房前はなんと答えたか。ぶっきらぼうもいいところなんです。旅人の趣向に乗る気があれば、「なるほど風流ですなあ、私の夢にもその乙女が現れましてね……」とか、「いやあ、弾いてみたら実にいい音色でした。対馬の波の音でしょうなあ」とか、いくらでも乗りようがあったろうに、「お心遣いまことにありがたく、痛み入ります」ということしか言わない。申し訳のように添えた歌も「言問はぬ木にもありとも我が背子が手馴れの御琴地《みことつち》に置かめやも」（八一二）。この琴は最近作らせたものではなく、日ごろご愛用の品を下さったのですね。決して粗略には扱いますまいよ――琴の精の趣向は徹底的に無視。

私の研究会の仲間に、「これ、すごいことを言ってるんじゃないのか」とメールを回したら、「また品田さんの深読みが始まった」と冷やかされたんですけどね（笑）。「地に置かめやも」というのは、膝にも置かないけれど、ということではないでしょうかね。つまり、弾きませんよということ。

旅人の文に「君子の左琴」とあったように、琴は君子つまり立派な人物が奏でる楽器とされていました。旅人はそのことを種にして謎かけをしているのではないかと思うんです。「君らの望みはもうすべてかなったんじゃないのか。いいかげん悪事に手を染めるのはよして、今後は君子になりたまえ。琴を進呈するから」というわけです。

房前は房前で「なるほど貴殿は都から遠く離れた場所で、清廉潔白を貫いておられるようですな。感服の至りです。しかし私にはまだやり残した仕事がありましてね。きれいごとばかり言ってもいられぬのですよ。琴を奏でる暇も当分ありませんから、どこかへしまっておきましょう。いいえ、せっかくの戴き物ですもの、膝にのせないからって地べたに放り出したりなどしませんよ（地に置かめやも）」。

一度そう思いつくと、どうも発想が固まってしまいましてね（笑）。房前が尻をまくって凄《すご》んでみせたというふうにしか思えなくなったのですが、まあ、強くは主張しません。

とにかく、天平元年二月に長屋王事件が起こって、都と大宰府の間は使者が恒常的に行き来していますから、情勢は、数日から十数日くらいのタイムラグで次々に旅人に伝わっていたわけです。そして八月にはとうとう、三百年来の禁を犯して光明立后の運びとなった。旅人はその一部始終を見届けたうえで、十月に自分から接触を試みたのです。事件と無関係な行動ではありえない。

全面的に敵対はできません。大伴氏と藤原氏では勢いが違います。古来の名門大伴氏を率いる者としては、一族の安全を確保するためにも、表向き友好的な関係を装う必要がある。で、互いに事件のことには一切触れないまま、きわどい腹の探り合いをやってるんだろうと思います。

長屋王事件後に帰任した小野老

長屋王事件の痕跡は、『万葉集』のほかの巻にも書き込まれています。その一つが巻三の大宰府関係歌群二四首。冒頭を飾るのが、小野老《おののおゆ》の有名な「あをによし奈良の都は咲く花のにほふがごとく今盛りなり」（三二八）。平城京の繁栄を讃美した歌と思っている人が多いんですが、大宰少弐つまり次席次官として在任中の作です。

大宰府の役人も業務報告のために交代で都へ行きます。しばらく滞在していろいろな審査を受け、帰ってきたときに「いやあ、ちょっと見ないうちにたいそうなありさまですよ。見違えるほど盛んになっています、都は。帰りたいですねえ」というように、望郷の念を滲ませながら一同に同意を求めた。

単なる望郷ではないとも考えられます。というのは、『続日本紀』によれば老は天平元年三月、つまり長屋王事件の翌月に従五位上に昇叙されているのです。当日の叙位式は大極殿に天皇が出御して盛大に執り行なわれたらしいので、老も列席した公算が大きい。すると、大宰府に帰った老は、光明立后の動きがあることなど、事件後に知りえた都の情勢を旅人らに語ったと考えられる――そういうことも行間から読み取れてきます。

歌に戻りましょう。老の作に始まる大宰府歌群は、帰任した老の昇進を祝う宴で取り交わされたものかとも言われますが、必ずしもそう考える必要はありません。宴の座で取り交わされたことが事実であろうとなかろうと、巻三に並べられた順序に沿って読み進めるとき、一続きの筋書きが浮かび上がってくることは確かであり、その筋書きはテキストのレベルで成立するものです。

老の作を引き取るようにして、防人司佑《すけ》大伴四綱《よつな》の作が続く。「やすみしし我が大君の敷きませる国の中《うち》には都し思ほゆ」（三三二九）。天皇が治めておられる土地は広大だけれども、特に都のことが思われますなあ。次に「藤波の花は盛りになりにけり奈良の都を思ほすや君」（三三三〇）。「君」と呼びかけた相手は旅人です。いよいよ春爛漫、藤も花盛りになってまいりました。都の春はどんな様子だろうとはお思いになりませんか、長官殿。

問われた旅人が答える。「我が盛りまたをちめやもほとほとに奈良の都を見ずかなりなむ」（三三三一）。わしが若返ってまた人生の盛りを迎えることなどありえない。大宰府にいるうちに死んでしまうかもしれぬ。奈良の都をもう一度見るということは、まず実現しないであろうよ、と気弱なことを言ったうえで、その弱気を振り払おうとするかのように、「我が命も常にあらぬか昔見し象《きさ》の小川を行きて見むため」（三三三二）と二首めを続けた。

昔、持統天皇のお供をして吉野の聖地へ行き、象川を見た。吉野川に注ぐその小川は、とても美しい清流であった。この川の水は今でも手で掬って飲めます。

万葉時代にはまして清冽な水が流れていたでしょう。あそこにもう一度行きたいがなあ、この命が長持ちしてくれればのことだが……。

　それから、「浅《あさ》茅《ぢ》原《はら》つばらつばらに物思へば古《ふ》りにし里し思ほゆるかも」（三三三）。とっくりとっくり考えてみると、平城京よりどこより、「古りにし里」こそが懐かしい。

　物の本を見ると、この「古りにし里」とは旅人の生まれ故郷である飛鳥のことだと書いてありますが、私は藤原京だろうと思います。なぜかというと、次の歌が藤原京の歌だからです。

　その第四首は「忘れ草我が紐に付く香具山の古りにし里を忘れむがため」（三三四）。思い出してもつらいだけだから考えないようにしたい。そのまじないとして忘れ草（萱草）を紐に付けるという歌。藤原京のころはよかった。天皇を中心にみんな心が一つにまとまっていた。天皇を操り人形にしようなんていうよこしまな輩はいなかった、という底意が読み取れると思います。

　近年の発掘調査によって、藤原京はかつて想定されていたよりはるかに広く、香具山など大和三山を京域の内部に含んでいたということが判明しています。「飛鳥」は今の明日香村よりずっと狭い範囲の地名で、藤原あたりとは別の土地でした。ですから、「香具山の古りにし里」と言っているのは間違いなく藤原京。三首めの「古りにし里」は、これだけ読むと飛鳥かなとも思えるのですが、四首めまで読み進めたとき、ああ、藤原京のことだったのか、と分かる仕組みになっている。

最後に「我が行《ゆき》は久《ひさ》にはあらじ夢《いめ》のわだ瀬にはならずて淵にしありこそ」(三三五)。「夢のわだ」は、吉野離宮よりちょっと上流あたりから川が大きく湾曲して、底が深くなっているあたりをいいます。たぎち流れてきた清流が、このあたりでは少し緩やかになるので、船を浮かべて遊ぶことができる。夢見心地になる場所だから「夢のわだ」なのでしょう。なんとしてももう一度吉野へ行きたい。老骨に鞭打って、遠からず必ず行くつもりだから、夢のわだよ、それまで昔どおりの姿で待っていて欲しい――天武皇統の聖地、吉野を必ず再訪するぞと自分を鼓舞するところで終わっています。

結局、この五首は、平城京に帰りたいということは打ち消しながら、自分が若かったころの理想の都をもう一度見たい、現実には失われてしまった天武皇統の神聖な都を自分は求めている、と言っているように読めるわけです。

「佐保の山」を思う

もう一つだけ追加します。巻六です。この巻もやはり作歌年月日順に歌が並んでいます。ところが、神亀五年のおしまいのほうに、難波宮に行幸があったときの歌というのが九五〇番から九五三番まで載っています。その四首の歌は、元の資料によって「笠朝臣金村之歌中」というのと、「車持朝臣千年作」というのと二通りの説があって、どうもはっきりしない。『続日本紀』を見ると神亀五年には難波宮への行幸は記録されていません。あっても記録から省くことはありますから、行幸は実際にあったのだろうと思いますが、この点も疑えば疑える。

その次に膳王《かしわでのおおきみ》の作が載っています。『続日本紀』には「膳夫」と書いてありましたが、ここは「膳」だけ。しかしどちらもカシハデと読み、同じ人の名です。宮中の食事を作る職掌がカシハデで、この仕事を任されてきた伴造《とものみやつこ》が膳臣《かしわでのおみ》氏。この氏族が養育に当たったのかもしれません。とにかく、長屋王とともに自害した嫡男の歌がここに載っている。

歌は「朝には海辺にあさりし夕されば大和へ越ゆる雁しともしも」(九五四)というもの。朝方には海辺で餌をあさっていて、夕方になると山を越えて倭のほうへ飛んでいく雁がうらやましい。自由に空が飛べていいなあという、どうってことない歌なんだけれども、このときの歌かどうかはっきりしない。「右、作歌の年審《つばひ》らかならず。但し歌類を以て便《たよ》りに此の次《つぎて》に載《の》す」。この歌は何年の歌か、実はよく分からないんだが、神亀五年の難波行幸時の作にふさわしいから便宜上にここへ載せておく、と左注に断わってあります。

ほんとうは違うかもしれないが、とりあえずここに載せておく。長屋王の嫡男の歌が、亡くなる前年のところに、あえて——と言ったら言い過ぎかもしれませんが——いかにも意味ありげに掲げられていて、その次からずらっと大宰府関係の歌が一六首続くんです。都で詠まれた歌は交じっていません。

その冒頭は、大宰少弐石川足人《たるひと》の歌。「さすだけの大宮人《おほみやひと》の家と住む佐保《さほ》の山をば思ふやも君」（九五五）。大宮人が邸を連ねて住んでいる佐保の山が懐かしいですか、長官殿。さっきの大伴四綱の歌と似たような、奈良が懐かしいですかという問いかけです。佐保には旅人の邸宅がありましたから、ご自宅が恋しいでしょうと水を向けたことになりますね。実はそれだけでは済まないのですが、とりあえずそう取って、先を急ぎましょう。

旅人は受け流すように答える。さっきは気弱な歌から始まっていましたが、今度は、「やすみしし我が大君の食《を》す国は大和もここも同じとぞ思ふ」（九五六）。いやあ、どこにいたって、天皇が治めておられる土地には違いないんだから、同じことだよというのです。

そのあと、九五七番、九五八番、九五九番、九六〇番、そして九六一番まで神亀五年の歌が続きます。それでその次から天平二年になる。天平元年は、歌が一首もないんです。どういうことでしょうか。

膳王の歌をきっかけに、ちょうど映画のショットが切り換わるようにして、都から大宰府へと場面が変わる。都の人々の物語に旅人たちの物語が挿入される、と言ってもいいでしょう。その旅人たちの物語には、天平元年という年がごっそり欠落しているのです。これは長屋王事件に対する沈黙の批評ではないでしょうか。

そう思いながら、大宰府歌群の冒頭に立ち返ってみましょう。さっきの「佐保の山をば思ふやも君」の歌。この歌を作った石川足人の意図としては、「佐保」は旅人の帰るべき場所ということに尽きていたのかもしれませんが、佐保に邸宅があったのは旅人に限りません。ほかならぬ長屋王も「作宝楼《さほろう》」という宏壮な別邸を営んでいました。

あの大量の木簡が出土した平城京の第一等地が本宅で、平城京北の郊外、平城山の迫った閑静な地に別邸があった。『懐風藻』を読めば分かりますが、長屋王はこの作宝楼でしばしば盛大な詩宴、漢詩を作る宴を催しました。当時外交関係が緊迫していた新羅からの使者を客人に招いたことも、一度や二度ではありません。

政治的には対立していた外国の人たちを、はるばる日本海を渡ってよくお越しになりましたね、どうぞ寛《くつろ》いでお過ごしください。そしてご無事にお帰りになれますようにと、ねぎらい、もてなす宴です。そういう内容が詩にも詠まれています。

ですから、この歌を作った足人は「長官殿、ご自宅が恋しいでしょう」というつもりで歌ったのでしょうけれども、この配列の中に置かれると、佐保という地名が別の意味を帯びてくる。佐保には長屋王の邸もあるということは、直前に並ぶ嫡男の歌からさほど無理なく想起されるでしょう。そうして、繰り返しますが、この二人が無残な死を遂げた天平元年の歌はごっそり欠落しているのです。旅人が遠い九州にいたさなかに、あの禍々しい事件が起こったのだ、そう読者に想起させる仕掛けに相違ありません。

旅人のメッセージを未来に伝える

明けて天平二年正月。大宰府の旅人官邸。

昨年は実にひどい年であったな。しかし年も改まったことであるし、ひとつ、気を取り直してまた精出すとしよう。ただしそれは明日からのことにして、今日一日は楽しく遊ぼうではないか。梅を愛でてしばし俗世を忘れるのも一興であろう――旅人が三二人の役人を集めて梅花の宴を催した趣旨は、まずこんなところだったと考えられます。

その趣旨は、集まった役人たちにも理解されていたでしょう。役人たちといっても教養の程度はいろいろですから、中には「蘭亭集序」まで長官殿は熟知しておられる、それをわれらもふまえなくては、と張り切った人もいたかもしれません。落梅の様子を詠んだ人のなかには、この歓楽はひとときのものだよなあと思いながら作歌した人もいたかと思いますが、梅がきれいだから髪に挿しましょうなどとのんきな歌を詠んだ人はそこまで考えなかったかもしれない。そこはさまざまだろうと思いますが、程度の差こそあれ、旅人の意図は集まった人々に伝わっていたろうと思いますし、少なくとも旅人が三二首の短歌を取りまとめ、六首を追加し、序を添えた時点で、全体がこの趣旨のもとに統轄されることになったと見てよいでしょう。

ああ、いまさら口に出しても愚痴にしかならぬが、黙っておることもできかねる。権力を笠に着た者どもの横車ばかりが都大路を我が物顔に押し通るとは、ほんに世の堕落も極まった。されどわれらは、互いに君子として心を通わせていたいもの。そうは思わぬか、おのおのがた――そういう旅人のメッセージ。時代を超え、国境を越えた共感ということを理解した人たちが『万葉集』というテキストに織り込んだメッセージが、さらに時代を超え、国境を越えて私たちに届いている。

私たちはこのメッセージを再発信すべき立場にあります。繰り返しますが、この「私たち」は日本人だけではありません。受信したメッセージを内向きに囲い込むのではなく、開いていくこと、これまでにもまして時代を超え、国境を越えて、未来の世界に伝えていくことが、ますます大切になっていくのではないでしょうか。

（二〇一九年五月二日に朝日カルチャーセンター新宿で開かれた特別講座の記録に加筆・訂正）

第四章

改元と万葉ポピュリズム

――「短歌研究」二〇二〇年三月号・四月号掲載

改元と万葉ポピュリズム

こんにちは。ただいまご紹介いただきました品田でございます。

お手許に、表裏二枚、四ページ分の資料がお配りしてあるかと存じます。これ、八十分ぐらいでしゃべるにはだいぶ多いんですね。大学のふだんの授業ですと、資料は一回分がB4判二枚かそこらです。東京大学は一回の授業が九十分じゃなくて百五分ですが、それの二回分ありますので、全部読み上げたりなんかしている時間はありません。要点をお話ししながら、資料はつまみ食いしていきます。あとで質問が出て「どうしてそんなことが言えるんですか」なんて問い詰められたときの用心として、資料だけは多めにお配りしておくのです。

私の話はときどき脱線します。以前はこれを「ブーメラン話法」と称していました。話がとんでもない方角へ飛んでいくのですが、ひとしきりすればちゃんと元の場所へ戻ってくるというわけです。それが、最近はまた様子が変わってきてですね、しゃべっていると私の視界の一角に「ここをクリックしろ」というサインが現れるんです。で、クリックしますと視界が別の画面に切り換わる。思わずそっちの画面に気を取られて、夢中で説明するのですが、そのうち「はっ」と気がついて、慌てて右上の「×」を押して元の画面に戻るというようなことを繰り返しています。ですから話がひどく散らかりやすい。聴いてる人はどこが本筋なのかつかみにくいだろうなあと、われながら思うのです。

今日はなるべく話を散らかすまいと思っていますが、いつもの癖で肝心なことを言わないまま終わってしまうと困るので、初めに要点を言っておきます。今日は三つのことをお話しするつもりで来ました。

一つはですね。「改元」というのは元号を改めることではないのだ、そもそも「元号」というのは変なことばなのだ、ということです。

それから、『万葉集』には天皇や貴族の歌だけでなく、農民や防人の歌までが収録されていると言われることがある。四月一日にも、早口なくせに滑舌の悪い人がそういうことをべらべら語っていたけれども、あれは大きな間違いだということ、これが二つめ。

三つめにですね。庶民の歌までが載ってる『万葉集』にあやかって、人々が美しく心を寄せ合う世の中を作りましょうというのは、出発点が間違ってるだけじゃなく、大衆をたぶらかして、ある方向へ誘導しようとする言説でもあると思うのです。ある方向というのは、「美しい国」が立ちゆくために国民に犠牲を払ってもらおうという方向です。現に、弱者を切り捨てる政策が次々に繰り出されているでしょう。憲法を改定して基本的人権に制限を加えようという企てもあります。「国書」に典拠を求めたなんて言って『万葉集』を持ち上げてみせるのも、要するに政治利用であって、魂胆は見え透いています。ですから、奉祝ムードに踊らされてはいけない、ボーっと生きていちゃいけないということ、これが三つめに申し上げたいことです。

0 「改元」の本義――「元号」を改めることではない

さて、さっそく本題に入りましょう。

資料は「0」から「4」まで五節に区切ってあります。最初の「0」、「改元の本義」というところをご覧ください（152ページ）。

「奉祝ムード」と今も申しました。あちこちの商店街に「令和 奉祝」なんていう横断幕が張り出されて、記念セールが行なわれたりしていますが、何がめでたいのかよく考えてみる必要があると思うんですね。改元をきっかけに新しい時代が来るような気がして、それでお祭りムードになっているみたいですが、そもそも「改元」ってどういうことなのか、ちゃんと考えてる人がどのくらいいるんだろうかということです。

資料1に、古代の律令の「儀制令」公文条《くうもん》というのを挙げておきました。「公文書に年を記すときには必ず年号を用いなさい」と規定されています。「元号」ではなく、「年号」と書いてありますね。律令の他の条文にも「元号」ということばは使われていません。律令だけじゃなく、古代の文献のどこにも「元号」という語は出てこない。「和銅」も「養老」も「天平」もみんな「年号」です。古代史や古代文学の世界で「和銅」や「天平」を「元号」だなんて言ったら、笑われてしまいます。古代だけじゃなく、中世でも近世でも同じことで、明治時代の途中まで「元号」ということばは世の中に存在しませんでした。

「改元」ということばはあった。その次の資料2に「天平神護と改元す」とありますね。天平宝字九年を天平神護元年にしたという『続日本紀』の記事です。藤原仲麻呂の乱がどうやら収まって秩序が回復した。ここらで心機一転再出発しようということで、年号を改めることにした。今までの「天平宝字」という年号をやめて、新しく「天平神護」という年号を使い始めることにしたのです。

そのとき、天平宝字九年をまるごと天平神護元年に差し換えるのが古代のやり方です。つまり、今年みたいに一年の途中から年号が変わるのではありません。正月一日にさかのぼって改元をするので、天平宝字九年はなかったことになる。

もっとも、このときの改元は正月七日になされたので、天平宝字九年という年はもともとなかったようなものですが、養老や天平は一年の後半になってから改元しましたから、あちこちの遺跡から出土した木簡に、「霊亀三年」とか「神亀六年」とか、古い年号を使ったのがあります。改元前にそう書いたのを捨ててしまったから、直しようがなかったんですね。しかし、『続日本紀』をまとめていくときには、改元のあった年の年号は全部新しいものに書き換えたわけです。

こんなふうに、古い年号を反故にしてリスタートするというのが「改元」の趣旨です、本来のね。ですから、「元」は「元号」のことではなく、〈はじめ〉ということ。〈元年〉と考えてもいいけれど、〈元号を改める〉ということではない。「元号」ということばがなかったんですから、事柄としてありえない。

しかも、改元はもともと天皇一代に一回ということではなかった。たとえば聖武天皇の場合、最初の年号は「神亀」でしたが、神亀六年という年に例の長屋王事件が起こった。左大臣が謀反のかどで処刑されるという、なんともショッキングな事件。それが一段落したところでリスタートしようとしたわけですが、謀反人の事件が片づいたからというのではあまりに生々しいからでしょうね、甲羅にめでたい文字の浮き出た、世にも珍しい亀が見つかりましたという報告が上がってきた。もちろん「やらせ」でしょう。で、これはめでたい、瑞祥が現れたという口実のもとに、年号を「天平」に改めるわけです。こんなふうに、一代の天皇の途中で改元することは決して珍しいことではなかった。ですから、天皇の諡《おくりな》と年号も別々。聖武天皇は「神亀天皇」でも「天平天皇」でもありません。

天皇の名と年号がいつから一致するようになったかといえば、明治からです。

資料3の「明治改元の詔」をご覧ください。「天意を体して即位するに当たり、改元する。いにしえの聖代の掟であり、不朽の規範である。徳の乏しい朕ではあるが、祖先の御霊《みたま》に導かれて皇統を継ぎ、みずから国政を総攬する。そこで『元《はじめ》』つまり時間を把握する基準点を改めて、国内の万民とともに万事を一新しよう。慶応四年を改めて明治元年とする。今後は古い制度を改めて一世一元とし、永久の方式としよう。担当官はこれを実施せよ」というのです。中国では明・清のころから一世一元が慣習化していたようですから、それに倣《なら》うという意識もあったのでしょうが、とにかく日本ではこのとき初めて一世一元の制度が導入された。

ただ、細かいことを言うと、慶応から明治への改元は奈良時代と同じ方式で、元日にさかのぼって新しい年号に改めたのです。今年のように一年の途中から年号を切り換えたのではありません。

資料3は明治天皇の名で出された詔勅ですから、天皇の意向としてこういう内容が表明されたまでですが、そこに法的根拠を付け加えたのが資料4です。大日本帝国憲法と同時に制定され、同じ日に発布された旧皇室典範。その第二章、「践《せん》祚《そ》即位」というところに三箇条が掲げられています。

践祚と即位の二つを旧皇室典範は区別していました。奈良時代まではこういう区別はなかったのですが、桓武天皇のころから区別するようになった。皇位を継承するのが「践祚」で、高御座《たかみくら》に即《つ》く儀式を挙行して皇位の継承を内外に知らしめることが「即位」です。この区別を旧皇室典範も踏襲したわけです。

その第十二条に「践祚の後元号を建て」とあります。前の天皇が亡くなったら皇太子が皇位を継承して次の天皇になる。即位の儀式は後回しだけど、新しい「元号」はすぐ制定し、「一世の間に再び改めざること、明治元年の定制に従ふ」というのですね。この規定によって資料3の「明治改元の詔」が追認されて、一世一元の制度が法制化された。

「元号」ということばが文献に記されたのは、この旧皇室典範が最初です。それまで「元号」ということばはなかったのですから、このとき作っちゃったわけです。作ったのは井上毅《こわし》という人です。明治の法制官僚のトップですね。大日本帝国憲法の制定作業もこの人が指揮しました。

この会場の入口に、私どもが今年出した『「国書」の起源』という本が飾ってあります。一冊でも多く売れて欲しいので、飾っていただいてまことにありがたいのですが、あの本でも井上のことにちょっと触れています。明治十五年に、東京大学文学部の附属機関として古典講習科というのができた。その古典講習科は「国書課」と「漢書課」という二つの部門に分かれていて、国書課は日本の書物を、漢書課は漢籍を専門に学ぶことになっていた。「国書」ということばは本来〈外交文書〉を意味していたのですが、古典講習科国書課が設立されるころから〈わが国の書物〉の意味で使われるようになりました。

その国書課の出身者に池辺義象《よしかた》という非常に優秀な人物がいて、井上毅の懐刀になった。で、『日本書紀』やら『古事記』やらを調べ上げて、こういう先例がありますということを井上に報告した。そしてそれが、大日本帝国憲法を根拠づける材料として使われました。たとえば第一条の「大日本帝国は万世一系の天皇之を統治す」。この「統治」という概念は、井上に言わせると『古事記』の国譲りの物語に出てくる「知らす」と同じ意味で、徳をもって治めることをいう。西洋や中国の君主制のような力の支配とはわけが違うのであって、これこそわが国体の万邦無比たるゆえんだ、というのです。この材料を井上に提供したのも池辺義象でした。池辺自身がそう書き残しています。

大日本帝国憲法は『古事記』をもとにして作ったのではありませんね。伊藤博文がはるばるヨーロッパまで出かけ、ウィーンの憲法学者シュタインを何度も訪問して、近代憲法を作る基本方針やら留意事項やらを直接教えてもらったのでした。で、プロイセンの憲法をお手本にするといいですよと助言されて、「そうか、それならそうしよう」ということでこしらえたわけです。ところがそうやって新しくこしらえた憲法に、『古事記』『日本書紀』以来の長い伝統がふまえられているかのような装いを施した。井上というのは、そういうことを非常に巧みにやった人です。伝統だと言いながら、今までなかったものをいろいろ作った。女性の天皇を認めないことにしたのも井上だと言われています。そういう、伝統を作る作業の一環として、「元号」ということばも作っちゃった。

「年号」なら〈年の号、年の名称〉ということですが、「元号」ってどういう意味でしょうか。「元」が「改元」の「元」だとすると、およそ意味をなしませんね。〈はじめの号〉ではなんのことか分かりません。ですから「元号」っていうのは、一世一元という制度のもとで、ある一人の天皇の治める時代と、その時代に使われる年号とがくっついちゃったとき、初めて意味をなすことばだと思うのです。明治天皇の治世が明治時代で、明治何年というふうに年をカウントする。そういう〈一世一元の年号〉だから「元号」なのでしょう。そう考えてみると、元号の

「元」は、〈元首〉という意味に限りなく近づいてきているということも言えると思うんですね。

旧皇室典範の第十二条には、皇位を継承した新天皇は直ちに新元号を建てると規定されていた。天皇が国家元首の資格で定めるということでしょう。この規定は、「大日本帝国は万世一系の天皇之を統治す」「天皇は神聖にして侵すべからず」という大日本帝国憲法の精神とは整合しますが、日本国憲法の主権在民の原則には適合しませんね。実際、太平洋戦争に敗れて新憲法が制定されると、旧皇室典範も廃棄されて新しい皇室典範が作られましたが、そのとき元の第十二条に該当する条文は削除されました。新皇室典範は「践祚」と「即位」を区別せず、第四章〔即位〕には「天皇が崩じたときは、皇嗣が、直ちに即位する」とだけあって、元号の規定はありません。年号の規定もない。

ですから、象徴天皇制の発足とともに一世一元の制度は宙に浮いたわけです。「昭和」という年号は相変わらず使われていましたが、使うことに法的根拠がなくなっていた。

私はそのころ高校生から大学生だったので覚えているのですが、今日お集まりの大部分の方々はご存じないでしょうね。昭和五十年ごろから、そろそろ「Xデー」ということが囁かれだしました。つまり、昭和天皇だっていつまでも生きていらっしゃるわけじゃないからということで、昭和のあとはどうするのということが取り沙汰され始めた。

当時の社会党が「昭和が終わったら西暦にすべきである」という見解を公表しましたが、自民党側は「そうなっては困る」とばかりに大急ぎで元号の法制化を目ざした。それで、昭和五十四年、大平内閣のときに元号法の法案が国会へ提出され、審議を経て成立しました。審議の過程で、「元号ってどういう意味ですか、元首の号じゃないでしょうね」っていうような質問も飛び交っていたのを記憶しています。社会党の八百《やお》板正《いたただし》という議員は、元号の存続を支持する意見が圧倒的に多いという、政府側の示した世論《せろん》調査に対して、調査の段階では質問に「年号」という語を使っていたのに、調査結果を国会に提出するとき「年号」を「元号」に差し換えたのはどういうつもりか、と執拗に追及しました。今、国会の議事録は昔のから何からみんなネットで見られるようになっていますから、それで確かめると、そもそも「年号」と「元号」はことばの意味がどう違うのかという点もしつこく問い質しています。しかし政府側の委員はのらりくらりとかわすばかりで、最後まではっきりした説明をしていません。

そうやって決まったのが、資料5に挙げた元号法。「元号は、政令で定める」「元号は、皇位の継承があった場合に限り改める」というだけのもの。「一世一元」という言い方はさすがにできなかったのでしょう。「一世」というのは〈一代の君主の治世〉のことですから、君主がその国を治めていることになってしまって、象徴天皇制に抵触する。

この法律ができたとき、「元号」ということばが何を意味するのかという点は、宙ぶらりんのまま放置されてしまった。元号法には「元号」の意味に関する規定が何もありません。旧皇室典範のもと、天皇が大日本帝国の元首であることを前提に作られた「元号」ということばが、何を意味するかの説明がないまま戦後の象徴天皇制に引き継がれてしまったわけです。まさか〈元首の号〉という意味ではないだろうけれど、〈はじめの号〉では意味をなさない。「令和」っていうのは「令和元年」だけのことじゃないでしょう。二年、三年と続くはずじゃありませんか。ですから、「元号」っていうのは摩訶不思議なことば。それなのに堂々と法制化されたというのは、なんともけったいな話だとは思いませんか。

今度の改元からこのかた、マスコミが奉祝ムード一色に染まって、おめでとう、おめでとうと浮き足立っていますが、「そもそも元号って変なことばですね」という報道は一切なされなかったと思います。困ったもんだと思うのです。みなさんはどう思いますか。「なるほど変だな」くらいには思っていただきたいので、この際、申し述べておく次第です。

1　東歌は「農民」の歌か

さて、二つめの話題に移ります。『万葉集』には庶民の歌までが収まっているということを、四月一日に得々と語った人がいるわけですが、私どもが三十五年以上前に『万葉集』の研究を始めたころ、すでにこの件には多くの疑いが投げかけられておりまして、庶民の歌などないということが私の修士論文のテーマでもありました。ですから、私自身にとってはとっくに結論が出ている問題です。

これからお話ししていくことも、私が三十五年前に勉強したり調べたりしていたことで、学界全体としてももう決着済みだと私は考えたいのですが、陰でぶつぶつ言ってる人がいないとも限らない。『万葉集』に民謡があるなんて言うと、品田が黙っていないだろう、嚙みつかれるのが恐ろしいから、言いたくても黙っていようという雰囲気になっているだけかもしれませんが（笑）、とにかく、民謡論というのは最近はとんとはやらなくなっている。はやらないというより、息の根を止められたと言っていいと思うんです。

『万葉集』の作者層が「天皇から庶民まで」にわたるという見方自体、近代国家の草創期に作為的に編み出された想像であり、幻想であって、その目的は国民的一体感の醸成という国家的課題に応える点にありました。同じ文化を共有しているからわれわれは仲間なのだ、一体の存在なのだという感覚を呼び起こすことが目的ですから、その文化が特権階級の専有物であってはまずい。庶民の歌までがあるということがことさら強調されたのはそのためです。そしてこの、庶民の歌という幻想の延長上に、東歌などの作者不明歌を民謡とする見方が出てくるのですが、この見方にしてからが、願望を対象に押しつけたものにすぎません。積極的に論証されたことは一度もない。ざっとそういう経緯を、今年新装版の出た『万葉集の発明』という本——初版が出たのはもう二十年近く前です——で、私は具体的に論証しました。東歌民謡論はこれでとどめを刺された格好です。

ところが、改元をきっかけにポピュリズムが蔓延して、いろんな便乗本が出た。

『令和につなぐ万葉の心』やら何やらと、表紙に梅の花の写真を飾った本などが書店の万葉コーナーに平積みになりました。なかには『ざっくり読む万葉集』なんていう、「読む」行為を見くびったような、ふざけた題の本までがあって、「東歌は民謡だ」としゃあしゃあ書き立てている。捨て置けません。

ええと……高い壇の上でしゃべっていると、どうも吼《ほ》えるような口調になってしまうので、下へ降りることにしますけれども……（笑）。

それでですね。かつて庶民の歌の代表と目されていたのが東歌で、これらは『万葉集』の巻十四に一括して収められています。全部で二三〇首。すべて五七五七七の定型短歌ですが、ほかの巻には見られないような風変わりな内容の歌が多い。

どう風変わりか。資料6に、いかにも東歌らしい典型的な歌を一〇首ばかり挙げました。恋の歌には違いないのですが、甘酸っぱいような、切ないような恋ではなく、エロティックな内容をほがらかに歌い上げたものが目立ちます。たとえば三首め。

高麗錦《こまにしき》紐解き放《さ》けて寝《ぬ》るが上《へ》に何《あ》どせろとかもあやに愛《かな》しき（三四六五）

左側に現代語訳を添えておきましたが、若い女性たちの前で読み上げるのがはばかられるような内容です。もっとも、そんなに嫌らしい感じはしない。あっけらかんとしている。それから五首め。

子持山若楓《こもちやまわかかへるて》のもみつまで寝《ね》もと我《わ》は思《も》ふ汝《な》は何《あ》どか思《も》ふ（三四九四）

朝寝の床で、男と女が肌をくっつけたまま横たわっているのでしょう。もう朝だから男は帰らなくちゃならないのですが、「まだこのままぬくぬくしていたいよ。いつまでかって？　そうさな、今は春先でまだカエデの若葉が出たばかりだが、あの葉っぱが赤くなるまで、つまり半年後まではこうしていたい。お前はどう思うのさ」と、まあ、うすら馬鹿のようなことを言っています。文字通りの「痴情」ですね。こんなのがいくらもある。

もう一つくらい見ておきましょうか。

汝《な》が母に嘖《こ》られ我《あ》は行く青雲の出《い》で来《こ》吾妹子相見て行かむ（三五一九）

恋人の所にのこのこ逢いに来て、母親に見つかった。親には内緒だったんでしょうね。「この泥棒猫め！」とかなんかどやしつけられて――娘の母親のほうが若者よりずっと迫力があるんだな（笑）。だからすごすご引き下がるほかない。「お前のおっかさんにどやされたから、俺は帰るよ。でも、せめて顔を見せておくれ。顔だけでも見ていきたいから」。この彼氏、ちょっとふがいないですね。

こんな調子の歌がめじろ押しなのです。なかにはしんみりした歌もありますが、東歌らしい歌といえば、まず今挙げたようなもの。

この東歌が、庶民の歌の代表と見なされるだけでなく、明治の終わりごろから、民謡だ、民謡だと言われだした。民衆の文化こそ民族の文化基盤であるという思想がドイツから輸入されて、民謡《フォルクスリート》つまり〈民族・民衆の歌謡〉という考え方が東歌に適用されたのです。そのとき、適用できるかどうかの検証はなされなかった。さっきも言ったように、東歌が民謡だと証明されたことは一度もありません。『万葉集』が民族の文化基盤に根ざしていて欲しいという願望が先走っていて、民謡と民謡でないものとはどこが違うかなんていうことは誰も検討しないまま、『万葉集』に民謡があるとすればさしずめ東歌が最有力候補だな、というくらいの見当で、それこそ逆立ちした発想で民謡と見なされていった。

こういう浮き足だった論調に対する批判が、戦後、一九五〇年代ごろから現れまして、私どもが研究を志した八〇年代ごろには、東歌は民謡だなどとはもう誰も言わないようになっていました。民謡的かもしれないが、民謡そのものではないのだろうというあたりが通説になっていた。早い話、二三〇首が全部定型の短歌、五七五七七の形式でできています。短歌というのは宮廷で発達した詩形であり、柿本人麻呂や山部赤人といった専門歌人たちが創作した文芸の形式なのですから、それと同じ形式が東国の農民にも共有されていたとは考えがたい。

2 東歌のリズムの構造

そこで第2節に移ります。東歌は全部短歌だと申しましたが、短歌であるということの意味――むしろ「水準」でしょうか――どういう条件を満たせば短歌と認められるかという基準が、近代短歌の場合とはかなり異なっているのです。一言で言うと、古代の短歌はリズムの規則がきわめて厳格で、破調が許されません。

近現代の短歌の場合、五七五七七で詠むということが標準ではあるけれど、そのリズムを踏み外す場合がままある。積極的に定型を逸脱することで、ある種の表現効果を狙うこともあります。たとえば斎藤茂吉は、ふだんは定型をたいへん大切にして、自由律なんて認めなかった人ですが、時に大胆な破調の歌を作った。

よにも弱き吾なれば忍ばざるべからず雨ふるよ若葉かへるで

なんていうのがあります。『赤光』に載ってる歌ですが、五七五七七じゃなくて、六五九五七という形。気持ちがぐらぐらしている感じがフォルム自体から伝わってきますね。第五句だけは七音で、定型と合致するところは、倒れそうになりながらもやっと踏みこたえていると読めるかもしれません。とにかく、定型から外れることが一定の効果を挙げるというケースが近現代の短歌にはある。

しかし、古代の短歌にはそういうケースはありません。かいもく存在しない。

字余りと呼ばれる現象は存在するけれど、それには法則があって、ある条件を満たす場合にしか字余りにはならない。この法則は『万葉集』だけじゃなく、藤原俊成の『千載和歌集』のころまで一貫していると言われています。具体的には、一句の途中で母音が連続する場合に、二つの母音が一単位のように意識されることがあったらしい。文字で書くと六文字、八文字となるから「字余り」なのですが、リズム上は五拍、七拍と意識されて、定型の音律を満たしていたのです。つまり、字余りではあっても音余りではなかった。

この現象は多くの人が研究してきて、細部には見解の相違が残っていますが、大筋では共通理解が形成されています。ここでは毛利正守さんの研究に依拠して説明いたします。

母音が連続すると字余りになると言いましたが、細かく見ていくと、母音が連続していても字余りにならない場合もある。その、なる場合とならない場合がどう違うかということを2－1にまとめてあります。一言で言えば、短歌の奇数番句と偶数番句でどうも様子が違う。奇数番句というのは第一句、第三句、第五句ですね。五音と五音と最後の七音。これらの句では、母音が連続すれば例外なく字余りになる。それから偶数番句、つまり第二句と第四句の場合は、母音の連続する箇所が上から四番めと五番めの音節の間までなら字余りにならない。それより下だと字余りになる。単語の組み合わせなどでいろいろ付帯条件があってややこしいのですが、大筋はこんなふうになっているというのが毛利さんの説です。

字余りになる場合とならない場合の違いはどこから来るのか——その理由を考えるとき、こういうことがヒントになります。

淡海《あふみ》の海《うみ》夕波《ゆふなみ》千鳥《ちどり》汝《な》が鳴けば心もしのに古《いにしへ》思《おも》ほゆ（巻三・二六六）

この歌の第五句には単独の母音が二つある。「い」と「お」ですね。しかし字余りに関係するのは句の途中にある「お」のほうで、先頭の「い」ではない。「い－に－し－へぉ－も－ほ－ゆ」で七拍。/fe/ と /o/ がくっついて /feo/ で一音節のように意識されるのですが、先頭の /i/ は第四句末尾の /ni/ とくっついて /nii/ とはなりません。

なぜならないかは容易に推測がつきますよね。そう、句の切れ目をまたぐからです。「こころもしのに」でいったん句が切れ、休止があって、そのあとに「いにしへおもほゆ」が続くので、「に」と「い」がくっついて一単位のようにはならない。

偶数番句の上のほうもこれと同じようになっているんじゃないか、というのが毛利さんの意見です。異説もありますが、今まで提出されたなかでは蓋然性の高い仮説だろうと私は思っています。

毛利説に沿って古代の短歌のリズムを図解したのが2−3です。

【古代短歌のリズムの構造】

□が連続しているところは音がつながっている。飛び飛びに並んでいるところには音の途切れがある。第一句は「タタタタタ」と全部つながっている（机を叩く音）。第二句は「タ、タ、タ、タ、タタタ」。上の四つは飛び飛び、下の三つはつながっている。同じ七音句でも、第五句は「タタタタタタタ」と全部つながっている。

歌詞を当てはめてみましょう。「あふみのうみ」「ゆ、ふ、な、み、ちどり」「ながなけば」「こ、こ、ろ、も、しのに」「いにしへおもほゆ」。

資料の2－2に巻十五の例をいくつか挙げておきました。この巻は歌が一字一音で書いてあるから、読み方に揺れがないのです。

年にありて一夜《ひとよ》妹に逢《あ》ふ彦星も我にまさりて思ふらめやも　（巻十五・三六五七）

第一句は「としにありて」と五拍ですね。次は「ひ、と、よ、い、もにあふ」と、これで七拍。そのほかにもずらずら挙げておきました。いちいち読み上げるのは馬鹿らしいので、こういうもんだというふうに一応納得したことにしてください。

同じ七音節でも、第五句の「我はいかにせむ」は「あれはいかにせむ」と字余りになる。第二句の上のほうで母音が連続する「田は植ゑまさず」は「た、は、う、ゑ、まさず」と、音の途切れをはさむ「は」と「う」はくっつかないから、この句は字余りにならない。同じ第二句でも下のほうで母音が連続する「間しまし置け」は「あ、ひ、だ、し、ましおけ」で字余りになる。

古代の短歌は、こういうかなり厳格なリズムで作られていた。いわゆる五七五七七よりよほど複雑なリズムであって、しかも破調が許されない。

2－4には東歌の例を挙げています。中指の関節が痛くなってきたのでもう机は叩かないことにしますが（笑）、要するに巻十五の場合と同じようになっているのです。二番めに挙げた、

伊香保ろに天雲《あまくも》い継ぎかぬまづく人とおたはふいざ寝しめとら（三四〇九）

などは、第三句以下が意味不明で解釈できないという歌ですが、そういう歌でも字余りの様相は都の人の作と寸分違いがない。

私どもが東歌の研究を始めたころ、東歌は民謡そのものではないが民謡的ではあるというのが通説で、この説に立つ人たちは、五七五七七の形ではない民謡が東国地方に広く歌われていて、それを短歌形式に整えたのが東歌なのだろうと主張していました。その一方で、形式を整えるといっても、まったく似ても似つかないようなものに変えたのではなかろう、ちょっと辞句を入れ換えるくらいで済んだのだろうと自分で歯止めをかけていた。しかし、これだけ厳格なリズムなのですから、民謡にほんのちょっと手を加えれば短歌になったというような想定には、あまり現実性がないと思います。短歌じゃなかったものを短歌に整えたと考えるよりも、短歌になったときが東歌の成立なのだと考えるほうがよほど端的です。東歌は初めから定型の短歌として成立したということです。

第1節の資料7に戻っていただきたいのですが、そこに私の文章が掲げてあります。短歌の成立にはいろいろ問題があるけれども、中央の貴族たちが、七世紀以降のある時点で成立させた形式と見てよいであろう。そういう「貴族たちの詩形に、この詩形が許す限りで特異な内容を盛った歌々」それが東歌なのだと書きました。歌われていた民謡を短歌に整えたんじゃない。貴族階級の詩形で成立した。「特異性は貴族的なるものとの対比においてではなく、そこに包摂された状態で存在するのである」とも書きました。エロティックな内容が貴族的でないという理由で民謡的だと言われてきたけれど、形式はあくまで貴族のものだということです。

それにしても、こうも風変わりな歌がどうやって生まれたのかということはやっぱり気になりますよね。細かく説明しだすと私の話がまた散らかりやすいので、ここでも結論を先に言っておきます。一言で言えば、東国の豪族が作ったんだろうということです。ただし、彼らはもともと短歌を作る習わしなど持ち合わせなかったから、自主的に作ったわけではない。都の人たちが歌を作ったり披露したりしているのを見て、模倣したのが事の始まりだったろうと考えるのです。

東歌には農作業の様子など、農村らしい光景が歌われていますから、農民が作ったように考えたくなる。たしかに平城京の住民が作ったのではないでしょうが、この先で具体的に証拠を挙げるように、一般の農民の間で成立したとも考えにくい。さっきの三四六五の歌には「高麗錦」が歌われていましたね。舶来の織物で、在来の技術ではとても作れない豪華な模様が織り出してあった。東国の人でこういう高級品を知っていたのは、豪族くらいのものですね。豪族も農民といえば農民ですが、大規模な農業経営者であって、配下の民衆を使役してあがりを取り立てていた。五世紀ごろ大きな前方後円墳を作らせた人たちの子孫として、奈良時代にも地方社会で大きな勢力を保っていたわけです。律令国家は彼らを郡司に任命して、行政の末端に組み込みました。

地方行政についてちょっと言えば、六十余州にそれぞれ国府が定められ、国衙《こくが》という役所が置かれていた。そこに中央から交代で役人が赴任してきます。国司ですね。四年から六年ぐらいの任期があって、任期が終われば都へ帰っていく。東京で言うと、西のほうに府中という市がありますね。その北には国分寺市がある。あのあたりが古代の武蔵国の中心地です。競馬場のすぐそばに大国魂神社という大きな神社がありますが、国衙はあのあたりにあったようです。その国衙に国司たちがいて、今の東京都と埼玉県を合わせた範囲を治めていた。武蔵国はさらに荏原郡やら豊島郡やら秩父郡やらと二十あまりの郡に分かれていて、それぞれの郡にも郡衙（郡家《ぐうけ》とも）という役所が置かれ、国司たちの差配のもと、地元の豪族たちが郡司として実務に携わる。郡司には任期はなくて、終身雇用制です。

律令国家の地方支配、地方行政というのは、小中学校の社会科で班田収授の法なんていうのを習うもんだから、人民を一元的に掌握する体制ができあがっていたように思い込んでいる人が多い。個別人身支配と申しましょうか、戸籍に全住民の名前が登録されていて、一人一人を国家が直接支配していたかのように思われやすいのですが、実は、その戸籍を作る仕事からして、郡司たちに丸投げする場合が多かったようです。「君らが取り仕切っている地域にはこれだけの人がいるそうだね。それなら租税はこれだけ納めてくれたまえよ」ということで請け負わせるわけです。一人一人から取り立てる額が厳密に均等でなくても、全体の帳尻が合っていればそれでいい。民衆を直接支配しているのは地元の豪族で、国家は彼らを郡司に取り立てることで間接的に民衆を支配する。ですから、国司は郡司たちと日常的に連絡をとらないと自分たちの仕事ができません。

そうやって共同で働いていてですね、今までの仕事もどうやら一段落ついたというようなときには――見てきたように言うのですが（笑）――まあ、ちょっと一杯やろうじゃないかっていう話になりますね。その宴の席で、都から下ってきたお役人様がたは歌とかいうものをお作りになる。それも、手拍子に合わせて旋律に乗せて歌うんじゃなくて、五と七にことばを刻んだ短文を読み上げてみせて、「どうだ、みやびだろう」なんて言い合っている。なんだかおもしろそうだなあ、俺たちもやってみようかしらんと、郡司たちも思うでしょう。国司たちが「君たちも作ってみたまえ」と勧めることもあったかもしれない。

そんなふうに国司たちと交流しながら、豪族たちも見よう見まねで短歌を作って、次の宴会で「こんなのができました」と披露する。しかし、宮中の文化にはは縁遠い人たちですから、みやびな歌は作れない。国司たちが作るのとはかけ離れた歌ができてしまう。見せられた国司たちが「なになに、『半年先まで女と朝寝をしていたい』だと。妙なことを詠んだもんだね。俺たちには作りたくても作れない代物だ。しかしまあ、これはこれでおもしろいや」なんて——ますます見てきたようですが（笑）——そんな反応をしたかもしれない。国司たちが自作の歌を書き留めるとき、ついでに郡司たちの歌も脇に書いておいて、帰京してから都の人に見せる。するとひどく興味をそそられる人がいて、東国から国司が帰任するたびに「東人《あずまびと》の歌はありませんか」と集めて回る。そういう歌の集積が整理されて、巻十四にまとめられた、と考えておけば、まず当たらずしも遠からずだろうと思います。

東国の歌に一巻を割いたことは、『万葉集』が構築しようとした世界像に関係する面もあって、これも興味深い問題なのですが、話が小難しくなるから今は立ち入りません。とにかく、国司たちと地元の豪族たちが合作したのが東歌なのだ、とお考えください。

平安時代には荘園制が展開する。これを律令制が崩れたとするのは古い見方で、日本の国情に沿うような形で定着したと捉えるのが最近では主流のようですが、とにかく、荘園があちこちにはびこっていって、日本中の土地が権門勢家《けんもんせいか》の私有地に分割されていく。国司が赴任してきても、直接治めるのは国に直属している国領だけで、荘園には手出しができないということになっていく。あげくには郡司という役職そのものが廃止されてしまいます。

地方豪族と都から下ってきた役人が一緒に働いて、切りのいいところで宴会をするというような機会も激減したのでしょうね。そうすると、東歌のような歌はもう後が続かない。東歌は、律令国家の地方制度がまがりなりにも律令の規定に即して運営されていた八世紀に特有のもので、九世紀には実質的に滅びてしまう。文学史的にはきわめて短命だったのだと私は考えております。

改元と万葉ポピュリズム 資料

0「改元」の本義――「元号」を改めることではない

【資料1「儀制令」公文条】

凡公文応記年者、皆用年号。（凡そ公文《くうもん》に年記すべくは、皆年号を用ゐよ。）

【資料2『続日本紀』天平神護元年正月己亥（七日）】

己亥、改元天平神護。勅曰「……今元悪已除、同帰遷善、洗滌旧穢、与物更新。宜**改年号**、以天平宝字九年為天平神護**元年**。……」。（己亥、天平神護と改元す。勅《みことのり》して曰《のたま》はく、「……今元悪已に除きて、同じく遷善に帰せしめ、旧穢を洗滌《せんてき》して、物と与に更に新たにせむとす。宜しく年号を改めて、天平宝字九年を以《もち》て天平神護元年と為すべし……」。）

【資料3 明治改元の詔】www.archives.go.jp/ayumi/photo.html?m=5&pm=2(国立公文書館のサイト)

詔體太乙而登位膺景命以改元洵聖代之典型而萬世之標準也朕雖否德幸頼　祖宗之靈祇承鴻緒躬親萬機之政乃改元欲與海內億兆更始一新其改慶應四年爲明治元年自今以後**革易舊制一世一元**以爲永式主者施行〔╱〕明治元年九月八日

（太乙を体して位に登り、景命を膺《う》けて以て改元す。洵《まこと》に聖代の典型にして、万世の標準なり。朕否徳《ひとく》と雖も、幸に祖宗の霊を頼み、祗《つつし》みて鴻緒を承け、躬《みづか》ら万機の政を親す。乃《すなは》ち元を改めて、海内《かいだい》の億兆と与に更始一新せむと欲す。其れ慶応四年を改めて明治元年と為す。今より以後、旧制を一世一元に革易《かくえき》し、以《もつ》て永式と為さん。主者施行せよ。）

・**祖宗**…天皇の祖先。皇祖皇宗。・**鴻緒**…皇統。・**海内**…国内。・**億兆**…多くの人民。・**主者**…担当者。

【資料4　旧皇室典範第二章「践祚即位」】一八八九年（明治二十二）二月十一日発布

第十条　天皇崩スルトキハ皇嗣卽チ踐祚シ祖宗ノ神器ヲ承ク
第十一条　卽位ノ禮及大嘗祭ハ京都ニ於テ之ヲ行フ
第十二条　踐祚ノ後**元號ヲ建テ一世ノ間ニ再ヒ改メサルコト明治元年ノ定制ニ従フ**

【資料5　元号法】昭和五十四年（一九七九）法律第四十三号

① 元号は、政令で定める。
② 元号は、皇位の継承があつた場合に限り改める。
＊六月六日に原案成立、十二日公布施行。附則に「昭和の元号は、本則第一項の規定に基づき定められたものとする」とある。

1　東歌は「農民」の歌か

【資料6『万葉集』巻十四「東歌」抄】――横溢するエロス――

上野《かみつけの》安蘇《あそ》の真麻群《まそむら》搔き抱き寝《ぬ》れど飽かぬを何《あ》どか我がせむ　（三四〇四）

《上野国は安蘇の麻畠。麻束みたいに強く抱いて寝ても飽き足りないに、俺あどうすりゃいいんだ》

鈴が音《ね》の早馬駅《はゆまうまや》の堤井《つつみゐ》の水を賜へな妹が直手《ただて》よ　（三四三九）

《鈴の音も賑やかな早馬の駅の、石囲みの清水を戴きたいのだ。それも姉さんの手からじかに》

高麗《こま》錦《にしき》紐解《と》き放《さ》けて寝《ぬ》るが上《へ》に何《あ》どせろとかもあやに愛《かな》しき　（三四六五）

《舶来の錦の紐を解き放って寝て、このうえどうしろというんだい、こうも無性に愛しいのを》

人妻《ひとづま》と何《あ》ぜかそを言はむ然らばか隣の衣《きぬ》を借りて着《き》なはも　（三四七二）

《人妻だなんて、なんでそれを言うだろうね。そんならお隣さんの着物は絶対借りて着ないかい》

子持山若楓《こもちやまわかかへるて》のもみつまで寝《ね》もと我《わ》は思《も》ふ汝《な》は何《あ》どか思《も》ふ　（三四九四）

《子持山の楓の若葉が色づくころまで、このままずっと寝てたいと俺は思う。お前

はどう思う?》

橘《たちばな》の古婆《こば》の放髪《はなり》が思ふなむ心愛《うつく》しいで我《あれ》は行《い》かな　（三四九六）

《橘の古婆のお下げ髪が今ごろ逢いたがってるだろう、気持ちがかわいいや。さあ俺は行こうっと》

汝《な》が母に嘖《こ》られ我《あ》は行く青雲の出《い》で来《こ》吾妹子相見て行かむ　（三五一九）

《お前の母さんにどやされて、俺あ帰る。(青雲の)出て来い、かわいい子。せめて顔見て帰ろう》

馬柵《うませ》越し麦食《は》む駒《こま》のはつはつに新肌《にひはだ》触れし児ろし愛《かな》しも　（三五三七或本）

《牧場の柵越しに馬が麦穂を噛み取るように、やっと初々しい肌に触れたあの子、ぐっと来たぜ》

崖辺《あずへ》から駒の行このす危《あや》はとも人妻児ろを目《ま》ゆ拵《かせ》らふも　（三五四一）

《崖っぷちを馬が行くみたいに危なっかしくても、人妻のあの子を目で誘惑するこの気分、ああ》

押して否《いな》と稲は搗《つ》かねど波の穂のいたぶらしもよ昨夜《きそ》ひとり寝て　（三五五〇）

《嫌々稲を搗くのじゃないが、杵を振れば波頭みたいに気が昂ぶるのよ。夕べ独りで寝たから》

【資料7 品田悦一「東歌・防人歌論」】『セミナー万葉の歌人と作品 11』二〇〇五年、和泉書院

東歌はすべて定型の短歌からなっている。字余りの様相も都の貴族たちの作と同一の法則に支配されているから、両者のリズムの構造は完全に等しかったと考えなくてはならない（毛利正守「東歌及び防人歌における字余りと脱落現象」『大阪市立大学文学部紀要人文研究（国語・国文学）』昭63・12）。そのことは何を意味するか。採集ないし伝誦の過程で整えられた結果とする見解もあるが、それは東歌の民謡性を言うために案出された想像説にすぎないし、東歌特有の枕詞にもと四音節だった形跡が認められない点に照らせば、むしろ東歌は初めから定型短歌だった蓋然性が高い。〔……〕

定型短歌の成立事情には不明な面が大きいけれども、リズムが歌詞そのものに内在するあり方は純然たる声の歌の属性ではありえないから、畿内の貴族たちがある時点で――おそらくは七世紀以降に――成立させた形式と見てよいだろう。そういう**貴族たちの詩形に、この詩形が許す限りで特異な内容を盛った歌々**、それが東歌なのであった。**特異性は貴族的なるものとの対比においてではなく、そこに包摂された状態で存在する**のである。

2 東歌のリズムの構造

【２-１　短歌の字余りの法則】

＊毛利正守「万葉集における単語連続と単語結合体」（『万葉』一〇〇、一九七九年四月）などによる。

Ⅰ　字余りは、一句の句頭以外の部分に単独母音が含まれるとき（＝一句内で母音が連続するとき）に生ずる。

Ⅱ　句中に単独母音が含まれても字余りにならない場合もある。字余りになるケースとならないケースは、単独母音がどこに位置するかに関わる（ただし、母音から始まる語とその直前の語との組み合わせに関係する面もある）。

ａ第一・三・五句……………字余りになる（ほぼ例外なし）。

ｂ第二・四句

ｉ第五音節の第二母音より上……字余りにならない（アリ・イフ・オモフはほぼ字余り）。

ⅱ第五音節の第二母音以下………字余りになる（「名詞／感動詞＋母音」は非字余り）。

【２-２　巻十五の事例】該当箇所の本文を掲げ、第何句かを丸囲み数字で示す。太字は単独母音。

年にありて一夜妹に逢ふ彦星も我にまさりて思ふらめやも（三六五七）

①等之尓**安**里弖…ａ、②比等欲**伊**母尓**安**布…ｂｉ・ｂⅱ。

夕月夜影立ち寄り合ひ天の川漕ぐ舟人を見るがともしさ（三六五八）

②可氣多知与里安比…bⅱ。
我が旅は久しくあらしこの我《あ》が着《け》る妹が衣の垢付く見れば　（三六六七）
②比左思久安良思…bⅰ、③許能安我家流…a。
人の植うる田は植ゑまさず今更に国別れして我はいかにせむ　（三七四六）
①比等能宇々流…a、②田者宇恵麻佐受…bⅰ、⑤安礼波伊可尓勢武…a。
ほととぎす間《あひだ》しまし置け汝《な》が鳴けば我《あ》が思《も》ふ心いたもすべなし　（三七八五）
②安比太之麻思於家…bⅱ。

【2-3 古代短歌のリズムの構造】

（第一句）□□□□□　（第二句）□□□□□□□　（第三句）□□□□□　（第四句）□□□□□□□　（第五句）□□□□□□□

a　あれはいかにせむ
b・i　たはうゑまさず
b・ⅱ　あふこともあらむ

＊短歌の定型律に字余りの法則が介在する点については、短歌の誦詠法（律読法とも）の反映と捉える向きが多いが、これは考え方が逆だろう。歌詞のリズムは歌詞自体に内在するのであって、誦詠はそのリズムを顕在化させる契機となるにすぎない。つま

り、短歌の定型律は誦詠法に先行すると見るべきである（参照、品田悦一「五・七音数律は誦詠に規定されたものか」『上代文学』一〇〇、二〇〇八年四月）。

【2-4 東歌の字余り】

我が恋はまさかもかなし草枕多胡の入野の奥もかなしも（三四〇三）

④多胡能**伊**利野乃…bi。

伊香保ろに天雲い継ぎかぬまづく人とおたはふいざ寝しめとら（三四〇九）

②安麻久母**伊**都藝…bi、④比等登**於**多波布…bi。

小石に駒を馳《は》させて心痛み我《あ》が思《も》ふ妹が家のあたりかも（三五四二）

①佐射礼**伊**思尓…a、③己許呂**伊**多美…a、④安我毛布**伊**毛我…bi、⑤伊敝能**安**多里可聞…a。

押して否と稲は搗かねど波の穂のいたぶらしもよ昨夜ひとり寝て（三五五〇）

①於志弖**伊**奈等…a。

己妻を人の里に置きおほほしく見つつそ来ぬるこの道の間（三五七一）

②比登乃左刀尓**於**吉…bii、⑤許能美知乃**安**比太…a。

3 東歌の馬

時間が予定の半分ほど経過しました。残った時間では、東歌が民謡でない証拠を二つばかり追加しようと思います。

資料の第3節をご覧ください（196ページ）。「東歌の馬」と題しました。東歌二三〇首のうちに、馬を詠み込んだ歌が一五首ばかりある。うち半数近くには、馬を飼育している場面が歌われています。柵をめぐらした向こう側に馬がいて、手前に麦畑がある。馬のやつがその麦を食おうと目一杯首を伸ばしている様子を序詞に仕立てたのなどがありますが、残る半分、八首までは、馬に乗って出歩く歌です。

3－1に八首とも掲げておきました。いちばん初めはこういう歌。

足《あ》の音《おと》せず行かむ駒もが葛飾《かづしか》の真間の継橋《つぎはし》止まず通はむ（巻十四・三三八七）

東京二十三区に葛飾区がありますが、葛飾は昔は下総国に属していて、千葉県の市川市のほうまで広がっていた。そこに継橋があったんですね。どういう橋かというと、橋桁だけが川の中に打ち込まれていて、その橋桁と橋桁の間に横板が差し渡してあるのです。釘は打ちつけてない。なんでそんな不安定な作り方をするかというと、昔は治水工事が行き届いていませんから、ちょっと大雨が降ればすぐ増水する。そのとき、ちゃんと作ってある橋は水圧や流木にやられて流されてしまう。橋桁だけだったらその危険が少ないから、増水しそうだっていうときは横板を全部外してしまうのです。で、大水のうちは渡るのは見合わせていて、水が引いたとき橋桁が無事ならよし。もし橋桁が駄目になっても、横板は元のがまた使えます。そういうわけで、板が打ちつけてない橋だから、渡るとガタガタしたんでしょうねえ……ええ、実物を見たことはないから、見てきたようには言いませんが（笑）、まして馬に乗って渡ればさぞ大きな音が立ったんでしょう。

川向こうに彼女の家があって、馬で継橋を渡っていくとき、近所の人に「おやあ、また継橋がガタガタ鳴ってるよ。いつものあいつだな」と気づかれてしまう。「毎晩来ては毎朝帰って行くじゃないか、随分熱心なことだな」なんて思われるとばつが悪い。で、こっそり通いたいから、足音を立てずに歩き回るような馬がないものかしらと、こういう歌です。恋人の家に馬で通うという生活が背景にあって、それで成り立っている歌。

もう一つくらい見ておきましょうか。

人の児のかなしけしだは浜渚鳥《はますどり》足悩《あなゆ》む駒の惜しけくもなし（三五三三）

「人の児」というのは、まだ自分の妻とはいえない子。恋仲ではあるけれど、親許で暮らしているから、逢瀬もままならない。そういう、親がかりのあの子が愛しくてしかたないときは、「浜渚鳥足悩む駒の惜しけくもなし」。水鳥が岸を歩くときみたいに、馬の足並みが乱れてよたよたしている。ひづめを痛めてしまったのでしょう。昔は蹄鉄というものがありませんから、よくそういうことになったんでしょうね。ひづめが割れると、そこから黴菌が入ったりして馬が台無しになりかねませんから、馬の歩き方が変だなと思ったら、引き返すのが当たり前なんですね。「よしよし、手当てしてやるからね」と。ところがこの歌は、あの子に逢いたくてたまらないときは馬の一頭くらい乗りつぶしてもかまうもんかと言っています。こんな馬など惜しいことはない、彼女に逢うほうが優先だというわけです。こんなふうに、馬を乗り回す歌が東歌にはぽつぽつある。

東歌だけじゃありません。防人の歌にも馬が出てきます。「農民や防人の歌まで」と言って、防人をあたかも庶民のように、何度も言いますが、あの滑舌の悪い人が語っていました。ご承知のとおり、防人というのは東国の農民兵から選抜されて九州へ派遣された人たちですね。東の果ての地域の兵士たちをはるばる西の果ての沿岸警備のために派遣した。しかし、食うや食わずで暮らしている人たちにそんな負担を強いたら、農村が崩壊してしまいますから、なるべく暮らしにゆとりのある範囲から選抜したのだろうと私は思っています。かわいそうだからではなく、国の費えになるから。最近の研究でも、『万葉集』に歌を残した防人たちのうち、かなりの部分は豪族層だろうと言われるようになっています。

3－1の左、＊のところに防人の妻の歌を挙げておきました。武蔵国の豊島郡といいますから、ちょうどこのあたりに住んでた人かもしれません――目白台は豊島郡じゃなかったかな、荏原郡かな。どっちだろう――とにかく、古代の豊島郡ってとても広かったんです。今の豊島区よりずっと広くて、神田から渋谷のほうまで広がっていました。その豊島郡出身の椋椅部荒虫《くらはしべのあらむし》という人の妻で、宇遅部黒女《うじべのくろめ》という人が詠んだとされる歌です。

赤駒を山野に放《はが》し取りかにて多摩の横山徒歩《かし》ゆか遣らむ（巻二十・四四一七）

「お前さん、ごめんよ」というわけです。「馬に乗せてやりたかったよ、うちのアカに。だけど、放牧に出しちまってさ、捕まえてくることができなかったんだ。あたしのせいであの遠い多摩の横山を歩いて行かせることになっちまった。ほんとに悪いねえ」。豊島郡から見ると毎日夕日が多摩の横山、多摩丘陵に沈んでいくでしょう。それでこの作者は、多摩の横山を世界の果てか何かのように思っている。行ってみたことないのかもしれません。防人に出ればその何十倍も歩かなくちゃならない、一ヶ月もかけて難波まで歩いて、さらに船に乗って瀬戸内海を九州まで行かなくちゃならないということまでは、どうも想像が届いていないみたいです。そんな世間知らずな人だけれど、自家用の馬を飼っていて、その気になれば夫を馬に乗せてやることもできたような歌い方をしています。

防人たちにも、東歌の作者たちにも、馬を飼って乗り回していた人がいるらしい。この人たちは底辺の庶民なんでしょうか。

奈良時代で底辺の庶民といえば、皆さんご存じだと思いますが、山上憶良の貧窮問答歌の一節に「伏廬《ふせいほ》の曲廬《まげいほ》の内に、直土《ひたつち》に藁解き敷きて」と歌われていますね。今にも倒れそうなひん曲がった小屋の中で、地べたに藁を敷いて暮らしている。床《ゆか》もなければ部屋の仕切りもない。寝るときは、主人の頭のほうに両親がいて、足のほうに妻子がいるという、家族が一部屋に雑魚寝する暮らし。実際、考古学上も、最底辺の庶民は平安時代の初めまでは竪穴住居で生活していたということが実証されています。家族が竪穴住居に寝起きしながら、脇には馬小屋があって馬を飼育しているという状況は、ちょっと考えにくいんじゃないでしょうか。

3－2に、巻十三の作者不明歌が一首掲げてあります。

つぎねふ山背道を、他夫《ひとづま》の馬より行くに、己夫《おのづま》し徒歩《かち》より行けば、見るごとに音《ね》のみし泣かゆ。そこ思ふに心し痛し。たらちねの母が形見と、我が持てるまそみ鏡に、蜻領巾《あきづひれ》負《お》ひ並《な》め持ちて、馬買へ我が背。（巻十三・三三一四）

「山背国へ出かけるとき、よその旦那さんたちは馬で行くのに、私の夫ときたらいつも歩き。かわいそうで見ちゃいられない」。それだから、「私が今まで大切にしてきた母の形見を二つ持って市へ行き、馬を買っていらっしゃい、あなた」と、こういう世話女房の歌です。

「まそみ鏡」というのはよく研いだ鏡です。その昔、私の妻は――そのころはまだ妻じゃなかったんですが――展覧会で大昔の鏡、三角縁神獣鏡《さんかくぶちしんじゅうきょう》か何かが陳列してあるのを見てですね、「どうしてあれに顔が映るのよ」と真顔で私に尋ねたことがあるんです。模様を鋳込んだ面に顔を写すと思ったんですね（笑）。裏返せばぴかぴかに磨いてあるとはちっとも思わなかったらしい――ところが、それから何年かして、彼女の妹が今のご主人にまるっきり同じ質問をしたという話もあるんです。どうも鏡に関する無知というか、想像力の欠如は、遺伝するもののようです。

はい。右上の「×」を押して元の画面に戻ります。「まそみ鏡」のほか、もう一つの形見の品が「蜻領巾《あきづひれ》」。アキヅというのはトンボのことで、「領巾」は肩にかける布。今のショールかストールのようなものです。それがトンボの羽のようなごく薄い生地でできている。

こういう「まそみ鏡」だの「蜻領巾」だのも、竪穴住居に住んでる人には手が届かない品物でしょう。持ってるのはある程度以上の階層の人ですよね。手一杯に低く見積もっても下級官人の妻。身だしなみにはそれなりに気を使える暮らし向きの人じゃないでしょうか。そういう人が夫に「馬をお買いなさいな」と言ってるんですから、下級官人クラスでも馬はなかなか持てなかったらしい。

するとこのころ馬っていくらぐらいだったんだろうということが気になりますね。そういうとき多くの人が思いつくのは、お米の値段で換算するというやり方です。それで換算してみたのが、3-2の一つめの*です。いい馬で今の六七万五千円、安いのは三七万五千円という勘定になります。

それならバイクと同じくらいじゃないか、庶民にも手が届くだろうと思いたくなるところですが、どうしてどうして、そうは問屋が卸しません。

だって、古代の日本ではお米は全然自給できていない。白米を常食している人なんて一握りの貴族だけです。東国だったら、それこそ豪族だけ。「稲春《つ》けばかかる我《あ》が手を今夜《こよひ》もか殿の若子《わくご》が取りて嘆かむ」という歌がありますが(三四五九)、稲を脱穀したり精米したりして働く人の口には、このお米は入らないんですね。「殿」と呼ばれるお屋敷の方がたが召し上がる。ですから、お米は今よりずっと高かったと考えなくちゃなりません。お米の値段で換算して今のバイクぐらいというのは、安く見積もりすぎということになります。

それにだいいち、古代の庶民は今の庶民よりはるかに貧しかった。貧窮問答歌に歌われたような、赤貧洗うが如き人たちが圧倒的多数を占めていました。

資料8に、竹内理三さんの「万葉時代の庶民生活」という論文から引用しておきました。もう六十五年も前の論文です。

天平二年の安房国と越前国、今の千葉県の南端と、今の福井県、この二国の義倉帳というものが正倉院文書にあって、これを分析した。義倉というのは窮民救済の制度で、生活に余裕のある人たちに適宜穀物を供出させ、これをプールしておいて、本当に食うや食わずの人たちに分け与えるのです。一種の社会政策ですね。とても裕福な人はたくさん出しなさい、ちょっとしか余裕のない人はちょっとだけでいいよ、という割り振りをしました。どの程度裕福かの査定は役人が九段階で行なった。上中下の三段階をさらに三段階に分けて、上上、上中、上下、中上、中中というふうにして、下下まで。

その義倉帳によれば、安房国は全戸数が四一五戸。奈良時代の「戸」がどういうものであるかは、いろいろな説があって、家族の実態をどのくらい反映しているか疑わしいところがあるのですが、当時の戸籍を見ると、一戸のなかに夫婦が何組かいるのが普通です。ですから、両親と子どもからなる現代の家族より、古代の戸はずっと大きい単位なんですね。一家に一台マイカーがありますというような基準で馬のことを考えるのであれば、一戸に何頭も馬がいる状態を想定しなくてはなりません。

それでですね。その戸が、安房国の場合、上上から中上まではゼロですよ。中中がやっと二戸あって、中下も二、下上が三、下中が一一で、下下は六九。こんなに下下が多いのかと思うと、それどころじゃない。いちばん下の項目は「粟を輸するの例に在らざる戸」というのです。まったくの貧民だから租税だけでいいよ、義倉の穀物なんて出すには及びませんというのがいちばん下にあって、なんとその数は三二七戸。四一五のうちの三二七ですから、全体の四分の三以上ですね。同じようにして越前国の場合を眺めると、一〇一九戸のうち九二〇戸、実に九割が穀物の供出を免除された貧民なのです。

その左に＊が三つ並ぶうちの、二つめをご覧ください。慶雲三年の詔で律令の運用規則が修正された。今までは上上から下下まで全体から穀物を出させていたけれど、そもそもこの義倉という制度は、貧しい人たちに裕福な人たちが施すという趣旨なのだから、下下なんていう人たちから取るのは理不尽な扱いだ。今後は中中より下の戸からは義倉を取り立てないようにしようというのです。

これを捉えて竹内さんは、中中より下は朝廷公認の貧戸であって、それが全体の実に九八%にのぼる。奈良時代の農村の貧富の状態はこういうふうだったと言っているわけですね。

この慶雲三年に九段階をどういう基準で査定したかはよく分からないのですが、和同開珎が鋳造されて以降は、資財を銭つまり銅貨で換算するという制度が始まって、『令集解《りょうのしゅうげ》』に引かれた「古記」という、大宝令の注釈書を見ると、和銅八年の制度では銭一貫文以上あれば下下戸となすというふうにしています。一貫文というのは銅貨千枚。十円玉で考えるとたったの一万円ということになってしまいます。もちろん一万円よりは何十倍も価値があったのでしょうが、それにしても、財産が銅貨千枚という下下戸よりもっと貧しい戸が、安房国には八割弱、越前国には九割以上もあったわけですね。

資料9に行きまして、加藤静雄さんという人が、こんなに貧しいのでは馬なんか飼えなかったでしょうということをいち早く言いました。加藤さんの計算では馬一頭の値段はだいたい一貫文前後だから、大多数の戸は馬を一頭買っただけで全財産がなくなってしまう。中下の戸なら六貫文ですが、かりに夫婦が三組あって一夫婦につき一頭の馬を買えば、それだけで三貫文。維持費まで手が回るのでしょうか。ですから、馬を飼育して乗り回せた人たちというのは、一握りの豪族層に限られたろうというのが加藤さんの主張です。

この加藤さんの研究ももう四十年以上前のものなので、いろいろ不備はある。平安時代の資料から馬の値段を一貫文と算定していますが、奈良時代と平安時代では銅貨の価値がだいぶ違います。古代のお役人は経済学なんて知らないから、銅の含有率を下げれば銅貨が安上がりに作れて国が儲かるだろうと考えて、改鋳するたびに品位を下げた。そんなことすれば貨幣自体の価値が下落してしまうのですが、懲りずに何度もそういうことをした。ですから同じ一貫文でも奈良時代と平安時代ではだいぶ購買力が違うということを考えに入れないといけない。しかし、平安時代には馬の値段もかなり下がったらしいので、馬一頭が銭一貫文というのは、奈良時代についてもだいたいの目安にはなるだろうと思います。

ということで、馬に乗って恋人に逢いに行けた人は、東国社会ではほんの一握り。人口でいえば一パーセントいたかいなかったかという豪族たちであって、郡司として国司の下請けをしていた人たちです。この人たちも農民には違いありませんが、配下の人民を使役して広大な土地を耕作させて、その実入りでもって楽に暮らしていた。竪穴住居になんか住んでいません。さっきも出てきた「殿」と呼ばれる大きな屋敷に住んでいて、周りは塀で囲んであって、さらにその周りには堀がめぐらしてある。そういう、当時でいえば豪邸に住まっている特権階級です。断じて庶民ではない。それが東歌の作者層なんだろうというわけです。

ついでにもう一首読んでおきましょう。3-1の五首めに挙げた歌。

己《おの》が命《を》をおほにな思ひそ庭に立ち笑《ゑ》ますがからに駒に逢ふものを（三五三五）

この歌は解釈が割れているのですが、私の解釈では、豪族の娘を乳母か侍女のような女性がなだめている場面だろうと思います。恋人も豪族層の若者で、近隣の集落から馬で通ってきていた。ところが最近ぱったりと訪れが途絶えたものだから、娘は「あの人はもう私を見捨てたのかしら」なんてくよくよ思い詰めている。で、「捨てられるくらいなら死んだほうがましだわ」なんて口走ったのを、ばあやだかねえやだかが聞きつけてですね、「いけませんよ。命を粗末に考えるものじゃありません。庭に立ってにっこり笑うだけで、好きな人の馬がひょっこり現れると言いますよ」となだめた。

おそらく、「強く心に念ずれば願い事は必ずかなう」というような諺があって、それをふまえているのでしょう。めそめそしてるとろくなことはありませんよ、お気を強く持って、庭に立って出迎えるおつもりでにこにこしていらっしゃい。そうすれば、きっとその笑顔に誘われるようにして彼氏が来てくれるはずですからと、こう言うんですね。馬に乗る彼氏がいて、おまけに乳母だか侍女だかにかしずかれる生活。「伏廬の曲廬」に住んでいたら、とてもこうは行きませんね。

4 東歌の地名表現

東歌二三〇首のうち、馬で出かける場面の歌は八首でした。「八首もある」と私は考えますが、「八首しかないではないか」と考えたがる人もいるかもしれません。「なるほど八首までは豪族が作ったのだろうが、残る二二二首は民謡に違いない」と。そこで、別の証拠を挙げて駄目押しをしようと思います。

先ほどの3－1冒頭の歌、「足の音せず行かむ駒もが葛飾の真間の継橋止まず通はむ」という歌もそうでしたが、東歌の特徴として、地名の表現がとてもくどいということがあります。真間地方に住んでる人が近隣の人々と一緒に、お祭りのとき、あるいは農作業のとき民謡を歌い交わすということなら、真間という土地はみんなに知れわたっているはずですね。その人たちに向かって、「葛飾の真間」――葛飾という広い地域の一角に真間という比較的狭い地域があるなどと、わざわざ説明する必要があるのでしょうか。

このことは今から百年近く前に武田祐吉さんが指摘したことです。国学院大学で長らく教鞭を執った万葉学者。大正十年は一九二一年だから、正確には九八年前ですか、『上代国文学の研究』という研究書に「東歌を疑ふ」という有名な論文が収録されていて、東歌は地元民の歌らしくないぞということを言った。第4節の資料10に挙げておきました。

この武田さんと津田左右吉さんと、大正時代にはたった二人だけですが、東歌に疑いを投げかけた人がいたのです。ところがですね、東歌は民謡とは考えられませんよ、これこれこのように証拠がありますといくら論じても、世間の人たちは耳を貸さなかった。なぜか。東歌が民謡であってくれないと、『万葉集』を国民歌集とする根拠が怪しくなってしまうからです。国民歌集『万葉集』とは、自分たちは日本人であるというアイデンティティー、国民としての一体感を呼び覚ます文化装置だとさっき言いましたね。国が国として立ちゆくために必要なからくりなのですから、簡単に壊れてもらっては困る。理屈を言われたくらいで簡単に引っ込めるわけにはいかない――感情的な反発が先立つのです。そういうわけで、せっかく武田さんが鋭い指摘をしたのに、六十年以上ものあいだ、ほとんど顧みる人がいませんでした。

資料10の左に、くどい地名表現の例を八首ばかり挙げておきました。太い字にした箇所は国名です。生活圏の狭かった古代の農民たち――いくつかの集落を往来するくらいが日常の行動範囲で、男性なら何年かに一度、租税を都まで届けに行く順番が回ってきたり、防人に駆り出されたりもしましたが、今の目白台あたりに住んでいた女の人は多摩から西にどういう土地が広がってるのかよく知らないという生活。そういう生活を送っていた人たちが、自分たちの歌に律令国家の地方組織である「国」を詠み込むということは、どうもありそうもない。ふだんの暮らしで馴染んでいた地名はもっともっと狭い範囲の地名でしょう。そういうマイナーな地名なら歌に詠み込まれても不思議はないけれど、そこに太い字で示したように「駿河の海」なんて歌ってるのがあるんです。

駿河の海磯辺《おしへ》に生ふる浜つづら汝《いまし》を頼み母に違《たが》ひぬ（三三五九）

駿河は静岡県の東半分ですから、海岸は東西何十キロにも及びますね。「磯辺《おしへ》に生ふる浜つづら」と続けていますが、「浜つづら」が生えるのはその何十キロのうち特定の磯だけでしょう。駿河中の海岸に生えるわけではない。ですから「駿河の海」という言い方は浮いている。大げさであって、漠然としています。

二首めでも「相模嶺《さがむね》」なんて言っています。

相模嶺の小峰見そくし忘れ来る妹が名呼びて我《あ》を音《ね》し泣くな（三三六二）

相模国、今の神奈川県にはたくさん山があって、一つ一つの嶺に全部名前があったはずですね。箱根の何々嶺だの、丹沢の何々嶺だのって。その名前を全部消去して、十把一からげで相模国の嶺などと、乱暴きわまる言い方をしている。なぜこんな言い方をするのでしょうか。

国名とは別に、さっきの「葛飾の真間」のような、大きな地名を小さな地名に重ねる言い方をしたものもあります。それらには傍線を引いておきました。たとえば「鎌倉の見越の崎」というのが四首めにありますね。

鎌倉の見越《みごし》の崎の岩崩《いはくえ》の君が悔ゆべき心は持たじ（三三六五）

「見越の崎」は腰越の小動《こゆるぎ》岬だと思いますが、稲村ヶ崎だという説もあります。海に面した断崖がもろい岩でできていて、自然に崩落する。岩が崩れる。それが「岩崩《いはくえ》」ですが、「くえ」は古代語では /kuye/ とエをヤ行で発音しました。上三句は、その /kuye/ に引っかけて、/kuyu/ ――後悔するという動詞を導く序詞になっています。鎌倉の見越の岬には岩が崩れる崖がある。その「岩崩」じゃないけれど、あなたが悔いる、後悔するような心は私は持ちませんよ。信じてくださいなと、女性のほうから男性に愛を告白している歌です。

見越の崎は今でこそ所在未詳ということになっちゃったけど、当時は近在の人なら誰でも熟知していたんでしょう。ああ、あそこ、岩が崩れてきて危なっかしい場所だよねって。「鎌倉の」なんて付け加える必要はありません。

私はよく引き合いに出すんですが、東大には主なキャンパスが二つあって、一つは本郷、もう一つは駒場にあります。私の勤務先は駒場のほうですが、たまには会議などで本郷キャンパスへ出かける。そのとき同僚に、「今日は午後から文京区の本郷へ行くんだ」なんて絶対に言いません。ただ「本郷へ行く」とだけ言う。本郷キャンパスに勤務してる人も駒場キャンパスへ来るとき「目黒区の駒場へ行く」なんて絶対に言わないでしょうね。

皆さんも「文京区の目白台」なんて、ふだん言わないでしょう。でも、「文京区の」を付けたほうがいい場合もありますね。たとえば、九州出身の人が親戚の叔母さんに「日本女子大って東京のどこにあるの」と聞かれたときなどは、「目白台よ」とだけ答えたのでは先方に通じない。「文京区の目白台にあるのよ」と言えば、「あら、そうなの。文京区なら東京の真ん中あたりだわね。皇居よりはちょっと北だったかしら」と、大体の見当をつけてもらえる。間違っても府中の競馬場の近所じゃないし、まして高尾山の麓なんかじゃないと。つまり、あまり土地勘のない人に説明するときにこういう言い方が意味を持つということです。

そうすると、さっきの話（第2節）とつながってきませんか。郡司たちが「国司さま、私どもも見よう見まねでこんな歌作ってみました」と披露するときに、自分たちの生活圏にあるマイナーな地名をただ詠み込んだのでは相手がぴんと来ないだろうから、はい、「見越の崎」というのは鎌倉の一角にあるんですよ、鎌倉はご存じですね。はい、「刀比《とひ》の河内《かふち》」は初耳でしょうが、足柄はお分かりになるでしょう、刀比はその足柄にあるんです、というふうにして、この説明的な言い方をしたのだろうと考えれば、辻褄が合うのではないでしょうか。

武田祐吉さんの同僚に折口信夫さんがいた。独自の古代学の立場から東歌民謡説を強力に提唱していました。この折口さんは、たぶん同僚だからでしょうね、名指しにこそしませんでしたが、武田説を真っ向から否定した。東歌の地名が変だと言う人がいるが、これは地名に対する無理解から出てきた間違った説である、民謡だからこそその土地の地名を詠み込むのだ、と言った。それが資料11です。

ただし、折口さんは論点をすり換えています。武田さんの指摘は、地名をどう表現するかという点を捉えてのものでした。自分たちの生活圏を超えた国名を詠み込んだり、大地名と小地名を重ねて表現したりするというのは、地元の人の物言いとしては変だと指摘したのであって、単に地名を詠み込むか詠み込まないかという次元のものではない。それを折口さんは、たぶん無意識にではありましょうが、民謡だからこそ地名を詠み込むんだというふうに、話をそらして批判した。批判したつもりになっていた。しかし批判できていません。

同じようにして、資料の12の大久保正さん。私が『万葉集』を勉強しはじめたころ、東歌は民謡ではないが民謡的ではあると主張していた人ですが、この人は、「○○なる××」つまり〈○○のなかにある××〉というパターンはたしかに都の人を意識してのものだろうと言いました。このパターンの例は、さっきの八首のうちに二つあります。

信濃なる須我《すが》の荒野にほととぎす鳴く声聞けば時過ぎにけり（三三五二）

信濃なる千曲《ちぐま》の川の小石《さざれし》も君し踏みてば玉と拾《ひろ》はむ（三四〇〇）

しかしこのほかには「常陸なる奈左可《なさか》の海」というのが三三九七番にあるだけで、東歌に全部で三例しかないのです。ですから、都の人を意識した表現だろうという大久保発言の裏には、これらは例外的なケースだという含みもあるわけで、武田さんの疑いを正面から引き受けたものとは言えません。

「今から三十五年前に」ということを何回も言っておりますが、私が修士論文を準備していたときこの問題が気になって、民謡に実際にこういう表現があるのかないのか、近世以降の民謡集で実例に当たれば傍証になるだろうと考えまして、資料13に一覧表にしたような書物を調べたのです。本郷の総合図書館の閲覧室で、朝から晩まで半月以上かかったと思います。

ええと――また「ここをクリックしろ」というサインが現れまして、誘惑に抗しきれないいんですがね――その閲覧室には、私が学部生のころからずっと、いつ行っても同じ女の人が同じ席を占めていたんです。学生にしては年食ってる感じの人で、判例集みたいな分厚い本をいつも開いていたから、たぶん法学部の出身で、司法試験に毎年落ちて鬱屈しながら勉強してた人だろうと思うのですが——で、ある日、私が民謡の資料を調べていたら、珍無類の歌詞に出くわした。「越後で餅ついて上州へ投げた。関東平野が一粘り」っていうんです（笑）。「なんだ、こりゃ」と、ついげらげら笑った。するとそのオールドの女性がつかつか近づいてきて、「図書館なんだから静かにしてください！」と、世にもきつい口調で言った。先方に理があるから私は平謝りに謝るんですが、こんなことで謝っているという状況そのものがおかしくて、また笑いが込み上げそうになる——と、まあ、そういう苦しい思いをしながら、一つ一つ調べたわけです。

Ⅰから Ⅵまで六種類の民謡集を調べて、問題の地名表現の出現頻度を東歌の場合と比べました。ⅤとⅥは江戸時代のもので、Ⅴは菅江真澄の『鄙廼一曲《ひなのひとふし》』。これは、三河国、今の愛知県に生まれた著者が、信越から東北各地、蝦夷地まで旅をして回り、その途次に土地土地の歌を聴いてはその歌詞を直接記録したという、かなり信頼性の高い資料ですが、これには一つも該当例がありません。

東歌にはどのくらいあるかというと、一番右ですね。異伝も含め二三八首のうち、国名を詠み込んだのが三五、地名を重ねたのが三八。国名プラス小地名というのもあるから、その分を割り引くと五四ということで、二割以上、四分の一近く。かなりの頻度で出てくるのです。

Iの日本放送協会『日本民謡大観』も信頼性の高い資料ですが、総数を「四四二曲」と書いてあります。これは、あっちの歌とこっちの歌で、旋律は別々なのに歌詞が同じなんていうケースがあるんです。重複がある。それに、ほんのちょっとだけ違うなんていうケースはどう扱うべきか困る。「伊勢は津でもつ津は伊勢でもつ、尾張名古屋は城でもつ」なんていう「伊勢音頭」の歌詞は、お伊勢参りに行った人がみんな覚えて、地元へ帰ってからも盆踊りのときや何かに歌うから、全国的に分布していて、いろいろな旋律で歌われているし、替え歌もたくさんある。そういうことで歌詞だけ数えるわけに行きにくいから、曲の数でカウントした。一曲に何番も歌詞があるわけですから、歌詞の総数はこの数倍。四四二曲の五倍なら二千二百首くらいですね。そのなかに六例とか五例とかいうことですから、〇・三パーセントぐらいのもの。

該当例の合計と歌詞または曲の総数とを互い違いに眺めわたせば、東歌だけ飛び抜けて多いことがお分かりいただけると思います。Ⅳの岩波文庫の『日本民謡集』も二五例とちょっと多めですが、総数が二二六曲ですから、歌詞の数では千とか千二百とかあって、その中の二五なら二パーセントくらい。東歌に比べれば一桁少ない。しかもこの岩波文庫は、昭和の初めにビクターレコードから売り出されましたなんていう歌も収録しているんです。江戸時代から祭りや仕事のときに歌われてきた歌だけじゃなく、新しく編曲したのを録音して売り出した歌。たとえば「会津磐梯山」などがそれで、民謡集に収録されているけれど実態は歌謡曲ですね。元は地方の歌でも、装いも新たに全国区へ打って出たわけで、そのとき、磐梯山がどこにあるか、九州あたりの人は知らないだろうから「会津磐梯山」となったんでしょう。そういう事情で数値がいくらか上がっていると思われます。

ということで、東歌の該当例ばかりが異様に多いということが確かめられた。

武田さんが疑ったのはもっともなことだったわけです。大久保さんは「〇〇なる××」というのは都の人を意識した表現だろうと言ったけれども、「なる」がつかない国名提示やら地名重畳やらもひっくるめて、二三八首中の五四例が、都の人を、具体的には国司たちを意識しているということになる。

駄目押しの駄目押しをしましょう。くどい地名表現は近世や近代の民謡集にもほんのちょっとは出てくるのでした。念には念を入れて、この、ほんのちょっとを潰しておこうと思います。「蛇の生殺しは祟る」と申しますから、祟られないように頭をよう く潰しておく(笑)。

近世以降の民謡集で、くどい地名表現はどういう場合に現れるか。これには、自国の地名のケースと、他国の地名のケースがあります。

順番が逆になりますが、よその国の地名が歌われる場合から見ていくと、これにも二通りあって、一つは、いま言った「伊勢音頭」のように、人が移動して歌を運ぶケースです。村人たちが講を組んで積み立て貯金をし、くじ引きで当たった人たちが先達さんに引率されて参詣の旅に出る。往路にはいろんなタブーがあって、何を食ってはいけないとか、何を話題にしてはいけないとか、神に近づくには清らかな体で行くことを求められる。それが、参詣が済みますと、さあ精進落としだとばかりに、伊勢神宮からほど近い古市の歓楽街でどんちゃん騒ぎをするわけですね。

田舎の人には夢のような豪勢な宴会で、きれいな芸者が出てきて名物の「伊勢音頭」を歌って踊る。それこそ一生忘れられない経験で、後々まで「ああ楽しかったなあ」と思い出す。思い出せば「伊勢音頭」を歌う。全国から伊勢に人が集まってきて、また帰っていったという、そういう人の流れによって、伊勢音頭の歌詞が全国に伝播した。これが資料14⑦の「伊勢は津でもつ津は伊勢でもつ、尾張名古屋は城でもつ」。

次の⑧「わたしゃ太田の金山育ち、ほかにきはないまつばかり」は、もうちょっと狭い範囲の例。北関東の上野国と下野国、今の群馬県と栃木県を結ぶ例幣使街道という道がありました。中山道からショートカットして日光道中へ抜ける道です。その街道を馬方が行ったり来たりしていた。もともと上州の麦打唄だった歌を馬方が覚えて、荷物運びの道々歌う。それを聞いた野州の農民も麦打のとき歌うようになった。こんなふうに、北関東というわりあい狭い範囲で、それでも人の流れにつれて歌詞が伝わったと考えられるケースがある。

他方、⑨や⑩なんかは、季節労働で地方から大量の人が都市に流入してきた状況の反映でしょう。

皆さん、これから冬になると焼き芋屋さんが回ってきますね。焼き芋好きな人いるでしょう。買うとき焼き芋屋さんに尋ねてごらんなさい。「おじさん、どこの人」って。たいがい「新潟県」と答えますよ。雪に閉じ込められる冬は地元にいても収入が得られないから、出稼ぎをしに東京へ出て来るんだな。毎年来て、いつも同じ元締めの下で芋を売り回って、あがりの何分かを払うんでしょう。それが、もういい年だから来年からは出稼ぎやめるというとき、みんな同郷の知り合いにバトンパスすると見えて、焼き芋屋さんには新潟県人の占める率が高い。

その新潟、越後からは、江戸時代にもう大勢の人が江戸へ出て来るようになってました。江戸へは方々から人が集まって来たけれど、越後の人がとかく目立ったんでしょうね。いろんな歌で「越後」が田舎の代表みたいに扱われています。

では、もう一方の、自分たちの国の地名はどんなふうに歌われているか――。①から⑥に挙げたように、お国自慢の発想が著しいのです。①の「木曾の御岳」は、信仰の対象になっている霊山です。とても高い山だから夏でも寒い。こんなに神々しい山は木曾にしかあるまい、「木曾の」御岳だ、恐れ入ったか、というわけです。それから②は、「土佐の名物」を列挙している。南国で海沿いの国だから、珊瑚もあるし、鯨もあるし、どんなもんだい、ほかの国にはないだろう。③の「伊豆の下田」は廻船の寄港地で物流が活発。いろいろな品物が満ち溢れているから、銭金がすぐ飛んでいく。どうだい、豪儀なもんだろう、「伊豆」にしかない下田だあな、というんですね。

こんなふうにして、自分たちの土地の特徴を強調するときに、地名をくどく表現する。よその土地の人に対して印象づけようとするんですね。

郷土の特色が自覚されるためには、よその土地の様子が知られていなくてはなりません。自分たちの土地に閉じこもっている生活からは、こういう発想は出て来ない。ですから、①から⑥のようなお国自慢の背景には、流通経済の広域的発展という条件が考えられるでしょう。⑦から⑩の他国の地名の場合にはいっそう端的に、人々が動き回っていた状況が反映しているはずです。

ということで、経済が古代とは比較にならないくらい活発化してきたという状況を背景にして、少ないながらもこういう歌詞がぽつぽつ出てくる。取り違えないでいただきたいのですが、あくまで「少ないながらも」であり、「ぽつぽつ」です。対する東歌には、圧倒的にたくさん出てくる。これは流通経済では説明がつきませんね。万が一、古代のほうが江戸時代よりずっと経済が活発だったんだなんて言い張る人がいても、そういう根っからのへそ曲がりまで相手にする必要は認めません。「縁なき衆生は度し難し」と申し渡すまで。

古代は江戸時代のように賑やかではありませんでした。当時の日本列島にどういう景観が展開していたかといえば、こっちの集落とあっちの集落の間は、手つかずの森がいちめんに広がっていた。森でなければ、デルタ地帯です。人が住んでいる一部の地区だけ空が開けていて、あとは鬱蒼とした森と、葦がぼうぼう繁る泥まみれの土地。そういう景色が日本列島を覆い尽くしていた。人口は今の二十分の一以下ですからね。五百万人いたかいなかったかという、そういう時代です。日々の生活で目に飛び込んでくる色といえば、アースカラーを中心にして、茶色から緑までの範囲にほぼ収まっていたという、ごくごく地味な暮らし。「縞の財布が空になる」なんていうことは、平城京ならともかく、後進地域の東国にはありえないことでした。

ですから、東歌のくどい地名表現には経済とは別の原因があった。さっきから言っているような、土地勘のない国司たちにも受け入れてもらおうという配慮。地名表現から見ても、東歌はやはり庶民の歌じゃない。国司たちと郡司たちとの合作だと考えられるのです。

おわりに

この講演を始めるとき、「今日は三つのことを話しに来た」と申しましたが、実際に話してきたのは主に二つの話題についてでした。「改元」というのは元号を改めることではありませんよ、それに「元号」って変なことばですねというのが一つ。もう一つは、『万葉集』に庶民の歌なんかありません、庶民の歌の代表みたいに考えられていた東歌だって実は都の人と地元の豪族の合作なんですということ。

三つめの話題についても少しだけ付け足しておきましょう。

自分というアイデンティティー、自分が自分であるという意識には、様々なレベルがあると思うのです。一人一人の内面ではそれらが複雑に絡まり合っていて、ある場面ではあるレベルが、別の場面では別のレベルが前面に出て来る。性別だの、出身地だの、居住地だの、家族、親族関係、職業、宗教、思想信条、さらには好きな音楽やら贔屓のスポーツ・チームやらについて、いくつもの立場や帰属意識が折り重なっていて、そのうちいくつかの層は互いに衝突する場合だってある。ですから、〈私は何者か〉という問いに対しては状況に応じていろんな答え方がありえるし、ただ一つの正解などないのがむしろ健全な姿だと思うんですね。

ところが、そういう、本来多角的・多層的であるはずのアイデンティティーのうち、どの国に帰属しているかというレベルばかりがむやみにせり出して、他を圧するようになったのが近代という時代でした。世界が大小の国民国家とその植民地とに分割されたことが原因となって、「アイデンティティー失調症」ともいうべき病気が蔓延したわけです。別名は「国民意識肥大症」。明治二十年代の日本で『万葉集』が国民歌集に仕立てられたのも、そういう病気の症状の一つであり、それもかなり典型的な症例なのだと思います。

歴史家の網野善彦さんは、人類は今や青年期を脱して壮年期を迎えたのだと言いました。たぶんそうなのでしょう。少なくともそう思いたい。国と個人が一蓮托生であるかのような発想は、生存競争に勝ち抜くことが至上命題だった時代には役に立ったかもしれませんが、人々が叡智を結集して地球規模の難問に立ち向かおうとする際には、役に立たないどころか、邪魔にしかなりません。「国民」のもう一段上に「人類」という帰属意識を培うこと、そのための道筋が、本気で追求されるべき時期に来ているのではないでしょうか。

国書である『万葉集』に新しい元号の典拠を求めました、『万葉集』には天皇や貴族だけでなく庶民の歌までが収められています、人と人が美しく心を寄せ合う世の中にふさわしいでしょう、などと触れ回る人たちの魂胆は、まったくもって見え透いています。鼻持ちならないほど古臭いからです。たぶらかされてはいけない。「ボーっと生きている場合ではありません」と最後にもう一度言って、今日の話を閉じたいと思います。どうもありがとうございました。（会場拍手）

（二〇一九年十一月三十日に日本女子大学百年館で開催された講演の記録に加筆訂正）

3　東歌の馬

【3-1　乗馬する場面を詠んだ東歌】

足《あ》の音《おと》せず行かむ駒もが葛飾《かづしか》の真間の継橋《つぎはし》止まず通はむ　（三三八七）

《足音を立てずに進む馬があればいい。葛飾の真間の板橋をいつも行き来できるだろうに》

間遠くの雲居《くもゐ》に見ゆる妹が家《へ》にいつか至らむ歩め我が駒　（三四四一）

《遙か遠く雲の彼方に見える彼女の家に早くたどり着きたいのだ、精出して歩け、わが馬よ》

人の児のかなしけしだは浜渚鳥《はますどり》足悩《あなゆ》む駒の惜しけくもなし　（三五三三）

《親がかりのあの子に心底逢いたいときは、蹄を割って水鳥みたいにふらつく馬も惜しくはない》

赤駒が門出をしつつ出でかてにせしを見立てし家の児らはも　（三五三四）

《栗毛の馬が門出のとき出渋っていたのを、自分から送り出してくれたわが家の若妻よ、ああ》

己《おの》が命《を》をおほにな思ひそ庭に立ち笑《ゑ》ますがからに駒に逢ふものを　（三五三五）

《お命を大切になさい。笑顔で庭に立たれるだけで、意中の人を乗せた馬に逢えるものですよ》

赤駒を打ちてさをびき心引きいかなる背なか我《わ》がり来むと言ふ　（三五三六）

《栗毛を鞭打って引き出すように気を引いてどんなお兄さんが私の所へ来ようと言うのかしら》

広橋を馬越しがねて心のみ妹がり遣りて我《わ》はここにして　（三五三八）

《幅広の橋なのに馬で越えかねて、気持ちばかり彼女のところへ馳せて、俺はここにこのままで》

左和多里《さわたり》の手児にい行き逢ひ赤駒が足掻きを速み言問はず来ぬ　（三五四〇）

《左和多里のお嬢ちゃんに道で逢ったが、栗毛のピッチが速いもんで口も利かずに来ちまった》

＊参考・武蔵国豊島郡出身の防人椋椅部荒虫《クラハシベノアラムシ》の妻、宇遅部黒女《ウヂベノクロメ》の作

赤駒を山野に放《はが》し取りかにて多摩の横山徒歩《かし》ゆか遣らむ　（巻二十・四四一七）

【3-2　古代の庶民は馬を乗り回したか】

つぎねふ山背道を、他夫《ひとづま》の馬より行くに、己夫《おのづま》し徒歩《かち》より行けば、見るごとに音《ね》のみし泣かゆ。そこ思ふに心し痛し。たらちねの母が形見と、我が持てるまそみ鏡に、蜻領巾《あきづひれ》負《お》ひ並《な》め持ちて、馬買へ我が背。　（巻十三・三三一四）

＊正倉院文書の「天平十年駿河国正税帳」に伝馬の購入費が記録されている。十八疋分の全費用は稲六千四百束。一疋の価格は四百五十束から二百五十束。稲一束からは約五升の白米が取れるから、馬一疋は白米にして二十二石五斗～十二石五斗。古代の一石は現在の約四斗だから、現在の九石～五石。白米一升の重量は約一・五キログラムだから、九～五石は一三五〇～七五〇キログラム。現在の米価を一〇キログラムあたり五〇〇〇円として換算すると、六七万五千円～三七万五千円、平均五三万三千円と

いう価格がはじき出される。

【資料8　竹内理三「万葉時代の庶民生活」】『万葉集大成 5』一九五四年、平凡社。

天平二年（七三〇）安房・越前義倉帳（正倉院文書）を分析。

	全戸数	上上	上中	上下	中上	中中	中下	下上	下中	下下	不在輸粟之例戸
安房国	四一五					二	二	三	一一	六九	三二七
越前国	一〇一九	一	四	七	四	五	八	一一	一三	四五	九二〇

＊「賦役令」義倉条に「凡一位以下、及百姓雑色人等、皆取二戸粟一、以為二義倉一」として、上上戸二石から下下戸一斗まで分量を規定。他の穀物で代替する場合、稲二斗、大麦一斗五升、小麦二斗、大豆二斗、小豆二斗が粟一斗に相当するものとする。

＊慶雲三年（七〇六）二月十六日の詔で律令の運用規則を定めた際、「是義倉之物、給二養窮民一、預為二儲備一。今取二貧戸之物一、還給二乏家之人一、於レ理不レ安。自レ今以後、取二中々以上戸之粟一、以為二義倉一、必給二窮乏一、不レ得二他用一」とされた。

＊和銅銭鋳造後は資財を銭貨に換算して等級を決める方法が採用された。『令集解』所引「古記」は右の義倉条に関し、和銅六年二月十九日格・和銅八年五月十九日格を引

く。後者では「其資材准銭、三十貫以上、為㆓上々㆒、廿五貫以上、為㆓上中㆒、……六貫以上、為㆓中下㆒、三貫以上、為㆓下上㆒、二貫以上、為㆓下中㆒、**一貫以上、為㆓下々㆒也**」とある。

【資料9 加藤静雄『万葉集東歌論』】一九七六年、桜楓社。

万葉集大成月報第二十一号に尾山篤二郎氏の「上代の物価」という論文がある。そこに平安朝時代のものではあるが、盗品を時価に換算したものが紹介されている。それを見てみると、馬は高価なもので一貫五百文、廉価なものでは六百文である。一貫文くらいの馬が多い。また、米は一石で一貫文とある。万葉時代に近いものでそれを比較してみると、天平宝字六年（七六二）の写経司銭用帳には、玄米一石が九百二十文とあって、大体価格に変動がないと認められるので、馬もまた同じ位の価格と推定してよいであろう。今日のように物価がどんどんと高騰してとどまるところを知らないような時代とは違うようだ。ただしこれは、都における馬の価格なのであって、東国において農業に使役された馬はもっと安かったのかも知れないけれど、それにしても**一戸の資産総額が一貫文、二貫文といった人々には、あるいは慶雲三年の詔において公認貧戸とされた中下戸以下の人々まで考えてみても、容易に手に入れることの難しいものであったろうことは、想像に難くない。**

＊銅銭の価値は改鋳を重ねるたびに下落したと言われており、奈良時代と平安時代は銭一貫文の購買力に相当開きがあった。ただし、馬一疋は、平安時代には米一石とほぼ等価だったらしいが、3－2の最初の＊に示した計算によれば、天平十年ころには米二十二石五斗～十二石五斗、平均約十七石八斗と等価だった。奈良時代から平安時代にかけて米価がほぼ安定していたと仮定すれば、馬の価格は約一八分の一に下落していたことになる。銭価と馬の価格がともに下落したのであれば、一疋あたり銭一貫文という価格は奈良時代の馬についてもおおよその目安にはなるだろう。

4　東歌の地名表現

【資料10　武田祐吉『上代国文学の研究』】一九二一年、博文館。

土著人によつてその国の地名が詠まるゝ場合に、**国名を冠することはまづ無いことだ**。これは国名のみならず、**小地名に冠する大地名に就きても同様**にいふことが出来る。今巻第十四に就きては、あまりに国名大地名を冠した地名の多きに驚く。上つ毛野を第一句とせる数首の歌も、国府の官人が風流と断じて差支ないやうである。

＊前者（太字部）を「国名提示」、後者を「地名重畳」と称することにする。東歌における事例としては、資料6に掲げた三四〇四（国＋重）・三四九六（重）、3に掲げた三三八七（重）

のほか、左記のような事例を見る。

駿河の海磯辺《おしへ》に生ふる浜つづら汝《いまし》を頼み母に違《たが》ひぬ　（三三五九　国）
相模嶺《さがむね》の小峰見そくし忘れ来る妹が名呼びて吾《あ》を音《ね》し泣くな　（三三六二　国）
信濃道《しなのぢ》は今の墾《は》り道刈りばねに足踏ましなむ沓《くつ》履《は》け我が背　（三三九九　国）
鎌倉の見越《みごし》の崎の岩崩《いはくえ》の君が悔ゆべき心は持たじ　（三三六五　重）
足柄の刀比の河内《かふち》に出づる湯のよにもたよらに児ろが言はなくに　（三三六八　重）
信濃なる須我《すが》の荒野にほととぎす鳴く声聞けば時過ぎにけり　（三三五二　国＋重）
信濃なる千曲《ちぐま》の川の小石《さざれし》も君し踏みてば玉と拾《ひろ》はむ　（三四〇〇　国＋重）
上野《かみつけの》佐野の舟橋取り放《はな》し親は離《さ》くれど我《わ》は離《さか》るがへ　（三四二〇　国＋重）

【資料11　折口信夫『古代研究　国文学篇』】一九二九年、大岡山書店。

東歌は、創作として個性に深く根ざしたものと言ふよりも、民謡として普遍的な感情をとり扱うたものが多い。個性の強く現れて居る様に見えるものも、実は、一般式の感動に特殊の魅力を添へる為の刺戟を強調したと言ふべきものが多い。更に民謡の一の特色として、地名をよみこんだものゝ多い事である。**地名に注意を惹かれるのは、他国人でなければならぬ。東歌に地名の多いのは、偶、東歌が真の東歌でない事を証して居る、と言ふ人もある。併し、其は民謡と地名との関係に理会がないから出た議論である。民**

謡なればこそ地名を詠みこんで、土地に即した印象を与へようとするのである。〔……〕

民謡は流行性を持つて居るから、各地に転々して謡はれる。さうして、地名だけが自由に取り外されて、行つた先々の人の口に上るのである。だから、**民謡に地名を含んで居る事が、其地の根生ひでないまでも、必、一度は其地に行はれて、其行はれた地方で採集せられた事を示す**のである。

【資料12 大久保正『万葉集東歌論攷』】一九八二年、塙書房、当該論文の初出は一九七二年。

中央人を意識して、また中央からの要請もあって、説明的な「信濃なる」というような表現がとられ、一つの類型をなすに至ったとも理解できると考えられる。

【資料13 近世以降民謡集における国名提示／地名重畳の出現頻度】

	総数	国名提示	地名重畳	合計
東歌	二三八首	三五	三八	五四
I	四四二曲	六	五	八
II	一一〇二首	六	七	一〇
III	九三六首	七	二一	二五
IV	二二六曲	二五	二七	三一
V	三四〇首	〇	〇	〇
VI	三九三首	三	二	三

Ⅰ　日本放送協会『日本民謡大観　関東篇』一九五二年、日本放送出版協会。

Ⅱ　文部省（文芸委員会編）『俚謡集』一九一四年、国定教科書共同販売所。長野・静岡以東の項。

Ⅲ　高野斑山・大竹紫葉『俚謡集拾遺』一九一五年、六合館。長野・静岡以東の項。

Ⅳ　町田嘉章・浅野建二『日本民謡集』一九六〇年、岩波文庫。

Ⅴ　菅江真澄『鄙廼一曲《ひなのひとふし》』一八〇七年頃成立。

Ⅵ　南山子『山家鳥虫歌（別題「諸国盆踊唱歌」）』一七七六年刊。

＊国名提示と地名重畳の重複例が一九例あるため、「合計」は国名提示・地名重畳の各数値の単純合計より少ない。

＊他国の地名として詠み込まれたものは除外。

＊「曲」数を数倍したものが「首」数に相当。

＊Ⅳは編集方針上「半ば流行歌的な存在となったもの」や「各地方の産業的特色・郷土的特色の明らかな」ものを重点的に収めている。

【資料14　近世民謡集における国名提示／地名重畳の事例】

《自国の地名の事例に見る「お国自慢」の発想》

①木曾の御岳夏でも寒い、袷やりたや足袋添えて。　（木曾節・長野県）

②土佐の名物珊瑚に鯨、紙に生糸に鰹節。（よさこい節・高知県）
③伊豆の下田に長居はお止し、縞の財布が空になる。（下田節・静岡県）
④越中高岡鋳物の名所、火鉢鍋釜手取釜。（蹈鞴唄・富山県）
⑤讃岐高松芸どころ、どの町通ってもツチツンツン、
手頃に踊ってお出なんしょ、ほんのり歌うてお出でませ。（一合播いた・香川県）
⑥剛志島村蚕の本場、わしも行きたい桑つみに。（桑摘唄・群馬県）
《他国の地名の事例に窺える交通の活況》
⑦伊勢は津でもつ津は伊勢でもつ、尾張名古屋は城でもつ。
（伊勢音頭・三重県→盆踊唄・東京都、胴突唄・栃木県、等々）
⑧わたしゃ太田の金山育ち、ほかにきはないまつばかり。
（麦打唄・群馬県→馬方節・栃木県、麦打唄・栃木県）
⑨俺嬶《おらかか》越後の炭焼きで、道理でお顔が真黒い。（土搗唄・千葉県）
⑩越後でるときゃ涙で出たが、今じゃ越後の風もいや。（代播唄・神奈川県）

あとがきに代えて

昨年はめまぐるしい年であった。

国書たる『万葉集』に典拠を求めたという首相談話の余波が私にも押し寄せて、長らく「品切れ・再刊の予定なし」の状態だった旧著『万葉集の発明』の新装版が刊行された。談話がテレビ中継されたのは四月一日だったが、これを視聴した昔の読者たちが「馬鹿なことを言うな。品田の本を読め」とSNS上で話題にしたあげく、版元の新曜社に「品切れとはひどいではないか。早く再刊しろ」と詰め寄ったのだ。再刊が決まったのは四月三日。たった二日間の急展開だった。新装版第一刷は五月初旬に刊行され、七月末には第四刷に達したが、それればかりではない。齋藤希史氏との共著『近代日本の国学と漢学 東京大学古典講習科をめぐって』

を増補し、『「国書」の起源　近代日本の古典編成』と改題して、同じ新曜社から刊行した。校正に手間取ったため刊行は九月にずれ込んだが、話を持ちかけて承諾されたのはまだ四月のうちだった。

本書第一章のもとになった文章を書いたのは四月一日の晩である。『万葉集』の政治利用に待ったをかけようと大急ぎで書いたものがSNS上に流出拡散した事情は、文中に記したとおりだ。GEISTEという人のツイートには一万人が反応したらしい。それからマスコミの取材やら寄稿依頼やらが相次ぎ、梅雨時ごろいったん収まりかけたが、秋には講演依頼が二件あった。

日本女子大学で行なった講演の記録が「短歌研究」誌に掲載されたのは、明けて本年の春、新型コロナウィルスの襲来が危ぶまれだしたころである（本書第四章に収録）。三月号と四月号に分載された誌面を職場のコピー機でPDF化し、USBメモリーに入れて持ち帰ったが、東大の駒場キャンパスへはあれから一度も行っていない。新学期の授業をすべてオンラインで行なう方針が三月中に決定し、昨年とは違った意味でめまぐるしい年度が幕を開けたのである。

ＰＤＦ化した講演録を方々に配信したところ、大学時代からの友人で哲学研究家の伊豆藏好美《いずくらよしみ》氏から意外な反応が返ってきた。「結論部での貴兄の主張は、扱っているテーマや材料はまったく異なるものの、小生が昨年大学の紀要に載せた論文で言いたかったこととまったく同じだと勝手に膝を打った次第。その論文のファイルを添付しておきます」というのだ。

「ホッブズにおける人間の平等について」と題されたその論文を読み、左記の返信をした（五月十五日付）。本人の承諾を得てここに掲げ、本書の締め括りとしたい。なお、伊豆藏論文は「聖心女子大学論叢」一三三集（二〇一九年六月）に収録されたものだが、リポジトリで読むこともできる。

https://u-sacred-heart.repo.nii.ac.jp/?action=pages_view_main&active_action=repository_view_main_item_detail&item_id=978&item_no=1&page_id=38&block_id=92

「伊豆藏さま、

ご高論を頂戴したとき、読みかけていたものがあったので後回しにしたのですが、一週間ほど前に読了しました。貴兄や浦一章氏とフッサールの読書会をしていたころ、哲学書というものは一センテンスを二回ずつ、一段落を二回ずつ、つごう三通りに読まぬと分からぬものだと思っていましたが、貴兄の論述は文章がよくこなれていて、足踏みせずにずんずん進んでいける感じでした。大森荘蔵先生や野矢茂樹氏の文章も分かりやすいけれども、いくらか企んだところが感じられる。貴兄のは事柄に即して誠実に組み立ててあるために、おのずから話が順直に進んでいるのだと思います。

ホッブズの精読を通して基本的人権の哲学的基礎づけを目ざすという明快な企図のもと、彼の議論が分析と総合を同時に語る体《てい》のものになっていることを喝破したうえで、「万人の万人に対する戦争」とは平和な共生を根拠づけるための理論的想定なのだとされた点、納得するとともに色々考えさせられました。

というのも、目下のパンデミックが提起している事柄も、「万人の万人に対する戦争」から平和な共生を構築する可能性だと思うからです。その可能性は、緊急事態を口実に国家権力が人権を蹂躙するような危険性と隣り合わせなのだけれど、禍福はあざなえる縄の如しとも言うように、人々の想像力が国境を越えて、二〇二〇年というこの年に同じ星で生きているという、まさに「共生」という問題系に鮮やかに届くようになっている。先進国が封鎖を続けて感染をある程度押さえ込んだとして、そのあとでアジア・アフリカがどうなるかということを、決して人ごとではなく、早晩自分たちのところに戻ってくる事態として、ありありと想像できるようになってきている。それは「同時代」という語によって大江健三郎が繰り返し語ってきたことでもあると思います。大江の場合、「万人の万人に対する戦争」に該当するものは核兵器だった。しかし核抑止力やら核の傘やらといった口実を楯にして、同時代の共生という想像を受け付けない連中もいた。今度の事態は、よほどの愚か者でない限り、人ごとと思って済ませることはできません。

五月十二日の「毎日新聞」に、ソーシャルビジネスを実践することで知られるバングラデシュの経済学者・銀行家、ムハマド・ユヌス氏の寄稿が掲載されていました。実はこの人について予備知識が皆無だったのですが、こんなことを書いています。「過度の投機的利益追求の末に起きたリーマン・ショック後も米国などで格差が急拡大していることを見ると、欲望のコントロールは不可能のように思うかもしれない。だが人間の本質は金銭欲ではない。自分を守りたいという防衛本能だ。金銭欲は自分の持つものを永遠にもっていたいという欲望がゆがんで膨らんだ末に噴出したもので、世界で主流を占める経済理論などによって強化されている。」「経済理論は経済的人間ではなく、本当の人間に基づいて再構築されるべきだ。そうすれば世界は変わる。」「今回のパンデミックは、世界を作り直すかつてない好機だ」。

これらの記述が、貴兄の記述、たとえば「そこで同意が得られることを期待されていたのは、人間の『弱さ』における平等であり、『無力さ』における平等であった。」「そこで求められている権利の平等が、人間の生の他者依存性という弱さの平等に基づいているとするなら、他者たちに対して平等の自然権を認めるということは、ただ単に他者たちの活動に干渉しないというだけでは済まず、可能な場合にはその他者たちが生きていくために必要な力を提供する義務を自らが引き受けること、にならざるを得ないであろう。」という記述と（まるで割り符を合わせたかのように）合致し、響き合うと感じます。

Zoomで研究会をしていることは前便でも触れたかと思います。毎月北海道から参加していた人は、飛行機代が浮くと言って歓迎しています。UCLAの准教授は、滞日中はいつも参加していたのですが、帰国して子どもが生まれてからは来日自体が難しくなっていた。それが、この機会にロサンゼルスの自宅から参加するようになりました。外出が制限されて家に閉じこもらねばならぬという条件のもと、はるばる太平洋を越えた交流が開けているのです。なんという巡り合わせでしょうか。危機と好機という正反対の事態が同時に進行する。還暦を過ぎてから、世界史がダイナミックに展開する一齣に立ち会っている。なんだかわくわくします。

頓首再拝」

（以上六月二十七日記）

追記

コロナ禍の影響で編集作業がひどく遅滞し、当初の予定では五月中に刊行されるはずだった本書の再校を今ごろ行なっている。今日は九月七日だ。ゲラが届いたのは八月末日で、安倍晋三氏の総理大臣辞任表明からすでに三日が経過していた。旧著『万葉集の発明』の新装版刊行が改元の二日後に決定したことを思うと、今度は後手に回り続けたすえに、置き去りにされたような気がしないでもない。

それでも本書を刊行するのは、情勢のめまぐるしい変化に対応できる内容を具えていると自負するからだ。「あとがきに代えて」で触れた論点は、時空を超えた共感という第一・第三章の論点をも引き取りつつ、人類の共生という大きな問題系に接続されている。読者はここに、パンデミック下の日本社会を生き抜くための、意外だが有効な処方箋を見出すであろう。

（以上九月七日記）

品田悦一

品田悦一　しなだ・よしかず

一九五九年群馬県生まれ。東京大学人文科学研究科博士課程単位取得修了。聖心女子大学文学部教授などを経て、現在東京大学教授（大学院総合文化研究科）。

主要著作は、単著＝『万葉集の発明　国民国家と文化装置としての古典』新曜社、二〇〇一年（新装版二〇一九年）。『斎藤茂吉　あかあかと一本の道とほりたり』ミネルヴァ書房、二〇一〇年（斎藤茂吉短歌文学賞、日本歌人クラブ評論賞）。『斎藤茂吉　異形の短歌』新潮社、二〇一四年（やまなし文学賞）。

共著＝『古典日本語の世界　漢字が作る日本』東京大学出版会、二〇〇七年。『古典日本語の世界　二　文字とことばのダイナミクス』東京大学出版会、二〇一一年。東京大学教養学部編『分断された時代を生きる』二〇一七年、白水社。『「国書」の起源　近代日本の古典編成』（齋藤希史氏と共著）新曜社、二〇一九年。

編著＝『鬼酣房先生かく語りき』青磁社、二〇一五年。

万葉《まんよう》ポピュリズムを斬《き》る

第一刷　令和二年一〇月　五　日
第二刷　令和三年　二　月一〇日

著者　品田悦一《しなだよしかず》

発行者　國兼秀二

発行　株式会社　短歌研究社
東京都文京区音羽一－一七－一四　音羽ＹＫビル
郵便番号一一二－八六五二
電話（編集部）〇三－三九四四－四八二二

発売　株式会社　講談社
東京都文京区音羽二－一二－二一
郵便番号一一二－八〇〇一
電話（販売部）〇三－五三九五－五七一八

印刷・製本　大日本印刷株式会社

定価はカバーに表示してあります。
落丁本、乱丁本、内容に関するお問い合わせは発行元の短歌研究社までお願いします。

ISBN978-4-06-520927-1 C0095